LE

BREVIAIRE DES DAMES

PRÉSENT DE NOCES

PAR

Mᵐᵉ C. VERDIER

PARIS

LIBRAIRIE ACADÉMIQUE

PERRIN

35, QUAI DES GRANDS-AUGUSTINS, 35

MDCCCXC

Breviaire des Dames

LE
BREVIAIRE DES DAMES

PRÉSENT DE NOCES

PAR

Mᵐᵉ C. VERDIER

PARIS

LIBRAIRIE ACADÉMIQUE

PERRIN

35, QUAI DES GRANDS-AUGUSTINS, 35

MDCCCXC

PRÉFACE

Que mes lectrices me pardonnent de penser que cet ouvrage sera d'une certaine utilité.

Elles me diront, sans doute, que nos devoirs, nous les connaissons. Nous apprenons à les connaître par l'éducation religieuse et morale que nous recevons, les bonnes lectures que nous faisons et les exemples que nous avons sous les yeux.

Mais, comme cet enseignement est souvent oublié et qu'il est des moments dans la vie où le souvenir de ce que nous *devons* faire peut nous garder de beaucoup de fautes et nous sauver de grands dangers, laissez-moi croire qu'en rassemblant dans un petit livre les *voirs* particuliers de la femme, il pourra lui être bon d'y jeter quelquefois les yeux, de l'ouvrir au hasard et d'y puiser aux heures de défaillance, la lumière qui guide et la force qui soutient.

CHAPITRE PREMIER.

Dieu. — Nos devoirs envers lui.

> Le bonheur, c'est le devoir.
> Le devoir, c'est le bonheur.
> Fais ce que dois advienne que pourra.
>
> (Vieux dicton).

> Coule une vie obscure
> Que le devoir remplit.
> L'onde à l'ombre est plus pure
> Rien ne trouble son lit.
>
> (Louise Collet).

Dieu est la sagesse suprême. C'est lui qui nous a donné, dans le Décalogue, les lois morales qui régissent encore, en principe, nos sociétés.

Toutes ces lois ont notre bonheur pour but. Les enfreindre, c'est apporter la perturbation dans l'harmonie générale, c'est encourir les plus grands maux. La réflexion et l'expérience confirment cette assertion et l'on peut dire que nos malheurs sont toujours notre ouvrage, puisqu'ils sont la conséquence de nos fautes ou de l'oubli de nos devoirs.

Remontez à la cause des événement malheureux, de la ruine d'une maison, d'un suicide. Vous trouverez qu'un grand désordre s'était produit dans la famille ; les devoirs imposés avaient été trahis, la morale violée : le malheur est arrivé, c'était inévitable.

La mauvaise conduite du père de famille ébranle sa maison, disent nos Livres Saints ; et celle de la femme la détruit jusque dans ses fondements.

Dieu est justice, vérité, amour, ses lois sont justes, vraies, bonnes. Nous en écarter, c'est infailliblement commettre une action injuste, fausse, mauvaise.

Voulez-vous qu'il en résulte du bien et du bonheur ? Le mal ne peut produire que du mal.

Donc, si nous voulons être heureuses, que cette grande pensée du devoir soit la règle de notre conduite, qu'elle soit notre arme de combat dans la bataille de la vie, puisque c'est elle qui donne la victoire. Qu'elle fixe nos incertitudes ; qu'elle dirige nos pas ; qu'elle pèse nos intentions, et qu'elle nous fasse rejeter impitoyablement tout ce qui s'écarte de ses lois.

Le devoir, au contraire du plaisir, a l'aspect sévère ; il rebute les âmes faibles qui en ont peur et se détournent. Efforçons-nous de vaincre cette première répugnance qu'il nous inspire. Attachons-nous inviolablement à lui. Les sentiers qu'il nous fera parcourir nous paraîtront rudes ; mais l'air qu'on y respire est fortifiant et nous guérira de toute faiblesse. Songeons

que nous marchons pour atteindre le bonheur, et que
nous sommes dans la bonne voie.

Que jamais le soleil ne nous éclaire, à son aurore,
sans que nous élevions notre âme vers le Créateur,
afin de nous affermir dans cette pensée que ce jour
ne nous est donné que pour l'employer utilement.
Que jamais nous ne prenions notre repos du soir sans
jeter un coup d'œil sur la journée qui vient de finir,
sans repasser dans notre esprit ce que nous avons
dit, sans nous rappeler ce que nous avons fait, pour
nous repentir des torts graves ou légers que nous
avons eus, et pour nous promettre de ne pas y re-
tomber à l'occasion. Cette règle est bonne ; la pratique en est excellente. Elle nous apprendra à peser
nos actions et à rejeter celles qui sont vides, légères
ou mauvaises.

N'entreprenons point d'affaires difficiles sans demander à Dieu ses lumières. Pas n'est besoin pour
cela de longues prières ; la prière amollit ; mais de
simples aspirations : Seigneur aidez-moi ! éclairez-
moi ! fortifiez-moi !

On dit qu'avant de mourir, notre vie se déroule à
nos yeux comme un immense tableau, tour à tour
sombre ou gai, et que chaque page de notre histoire,
même les plus anciennes et les plus oubliées, s'y reflète avec des couleurs vraies.

Cette grande revue rétrospective, dans son impuis-
sance de réparation, qu'est-elle autre chose qu'un

immense et désespérant examen de conscience pour celui qui n'y voit que des malheurs et des fautes ? Ah ! que ce miroir fidèle nous montre alors le chemin que nous aurons parcouru ; non point couvert de fleurs, — les fleurs cachent souvent des précipices — mais comme une bonne et large route, montant, montant toujours. Jamais de sentiers bas ou détournés ; la grande route du devoir, droite, rude, sûre ; et au sommet, au but, l'édifice achevé de notre âme perfectionnée, de notre réputation assise, du bonheur de celui qui fut le compagnon de notre vie, de l'établissement de nos enfants dans le bien, de la semence de nos bons exemples jetés dans le monde comme autant de germes féconds pour l'avenir, et que, fermant les yeux à la lumière qui passe pour entrer dans celle qui resplendit éternellement, nous puissions nous dire, avec une légitime satisfaction : *Exegi monumentum* !

CHAPITRE II.

La jeune fille. — Nécessité de s'instruire

Je prendrai la jeune fille au moment où son éducation est terminée, c'est-à-dire au moment où elle sort de pension et rentre dans sa famille.

Je ne parle pas de celle qui est élevée à la maison. Peu de mères veulent s'assujettir à surveiller elles-mêmes leurs enfants, à leur faire répéter leurs leçons, à former leur caractère. Il faut donc, en attendant mieux, parler de la jeune fille qui passe de la vie de pension où tout est réglé par le son de la cloche, à la vie de famille où beaucoup de détails sont laissés à l'imprévu et subordonnés à la volonté de chacun.

Dans cette nouvelle existence, l'initiative individuelle a une assez large part, et il n'est pas étonnant que, de prime abord, on soit un peu désorientée de ce changement ; mais, en somme, on s'accoutume facilement à n'avoir plus de devoirs à faire, ni de leçons à apprendre, et, sauf le cas où il vous tombe un joli livre sous la main, on ne lit plus et on oublie bien vite le peu que l'on a appris. D'ailleurs, on n'est pas longtemps sans s'apercevoir que le bagage scientifique que l'on a rapporté de la pension ne sert absolument à rien, et l'on se hâte de le mettre de côté. Que dirait-on, en effet, d'une jeune fille qui glisserait dans la conversation un petit mot des Grecs et des Romains ! On la tournerait gentiment en ridicule, et le ridicule tue.

Donc, table rase de tout ce que l'on a appris, c'est convenu. Quand on se trouve ainsi vis-à-vis de rien, le piano excepté, il n'est pas rare de s'ennuyer ; c'est ce qui arrive infailliblement, alors vient en même temps l'envie de voir le monde, de se produire. On ne peut plus se souffrir à la maison, et s'il faut, par malheur, passer la belle saison à la campagne, il y a vraiment de quoi en mourir.

Dans cette disposition d'esprit, les aspirations de la jeune fille se portent naturellement vers la liberté qu'elle entrevoit dans le mariage. Elle sait, d'ailleurs, que sa vie du moment n'est qu'une vie de transition et comme, dans toute position où l'on n'est qu'en passant, on soupire pour la vie à venir, et l'on fait bon marché du moment actuel, c'est dire qu'avec cette manière de voir, on jette aux quatre vents de l'ennui, du dégoût, de la paresse et du caprice, les plus belles années de sa vie : celles qui en sont comme la fleur, celles qui devraient promettre des fruits réels pour la récolte de l'avenir.

Il me semble que les choses devraient se passer autrement.

Comme, aussi bien que les autres, la jeune fille est placée sur la terre pour une fin utile, et que, ainsi que tout le monde ici bas, sans exception, elle a des devoirs à remplir — envers Dieu, envers le prochain, et envers elle-même — je voudrais qu'en reprenant sa place au sein de cette famille qui l'adore, auprès de ce père qui a travaillé pour lui faire un avenir et solder les dépenses de son éducation ; de cette mère qui s'est privée de sa société afin qu'elle reçût les leçons nécessaires dans un asile tranquille et à l'abri des bruits du monde, je voudrais que sa présence au foyer, qui y apporte sa part de lumière et de gaîté, y apportât aussi une certaine part d'utilité.

Oui, jeunes filles, votre présence dans la maison paternelle, doit y être utile aussi bien qu'agréable.

Pourquoi ne déchargeriez-vous pas votre mère de quelques-uns de ses mille soucis ? Pourquoi ne partageriez-vous pas sa responsabilité ? Vous vous plaignez de l'ennui qui vous poursuit ? Essayez de vous rendre nécessaires. Voyons, vous plairait-il de prendre la direction de la cuisine ? Oh ! certes, non. Du linge ? Non. Eh bien, si ces détails vous paraissent vulgaires, quoiqu'il n'y ait jamais rien de vulgaire dans l'accomplissement de ses devoirs, pourquoi ne vous occuperiez-vous pas de l'éducation de vos jeunes frères, de vos jeunes sœurs ? Donnez-leur des leçons. Vous verrez le plaisir que vous éprouverez à suivre leur progrès et combien vous en serez fières.

Mais vos frères et vos sœurs sont plus âgés que vous. Priez-les alors de vous donner eux-mêmes des leçons, ou plutôt, procédons plus largement, prenons les choses de plus haut.

Vous sortez de pension avec une légère teinture d'histoire, de littérature, etc. Vous n'avez approfondi aucune chose, tranchons le mot, vous ne savez presque rien, et ce rien que vous savez, sera, de plus, bien vite oublié.

Je sais que cette allégation va révolter les jeunes demoiselles, qui, sans vouloir enseigner, aspirent à passer des examens et à recevoir des brevets de capacité ; et j'aime mieux voir, dans cette mode qui tend à se répandre, les effets des aspirations de notre époque vers une instruction complète et sérieuse, que la simple vanité de faire constater, sans nécessité, par un jury, que l'on sait lire et écrire correctement. Mais ces exemples-là sont des exceptions qui ne peuvent effacer la règle générale ; et je le répète, ce que les jeunes filles savent en sortant de pension est certainement bien peu de chose.

Apprendre, savoir ! voilà de quoi remplir vos journées, meubler votre esprit, fixer votre imagination et vous rendre le logis agréable. C'est le moment, si vous voulez être une femme sensée et non une femme futile, de travailler sérieusement.

Il est donc bien convenu que votre éducation ne se terminera pas brusquement à votre sortie de pension ; qu'elle se continuera à la maison ; que vous irez aussi loin dans les sciences permises aux fem-mes que vos aptitudes l'indiqueront, et qu'ainsi partagées, vos journées s'écouleront rapidement. Vous donnerez vos matinées à l'étude, vos après-midi à la promenade, aux visites, au travail manuel, aux arts d'agrément, car il faut une âme saine dans un corps sain, et l'exercice, le grand air, les distractions sont nécessaires à la santé du corps, comme le travail et l'étude à la santé de l'âme.

La plus grande reine de notre temps a préludé par de fortes études aux brillantes destinées qui l'attendaient. Les ombrages de Richmond en ont gardé le souvenir.

J'ai lu quelque part, qu'en Russie, les mères de famille apprennent le grec et le latin pour surveiller elles-mêmes l'éducation de leurs fils ; qu'en Amérique, une femme honorable est tout à la fois la ménagère, la couturière et l'institutrice dans sa maison. Qu'après avoir préparé les aliments de son mari et de ses enfants, confectionné leurs vêtements, elle passera ses soirées à faire répéter les leçons des langues anciennes et modernes, à aider à résoudre des problèmes d'algèbre et de mathématiques, à corriger des cahiers de physique, d'optique, de météorologie. Que vous en semble ? Une pareille femme n'est-elle pas la véritable compagne de son mari, et n'a-t-elle pas quelques droits à être, au besoin, son conseil ?

J'ai appris également, qu'en Angleterre, les jeunes filles riches emploient leurs loisirs à tenir, à tour de rôle, l'école des pauvres. Excellent moyen de s'instruire que d'enseigner ! Elles assistent à la classe un jour ou deux par semaine, font répéter les leçons, corrigent les dictées, s'informent du caractère des élèves et suivent leurs progrès.

Quand donc une noble émulation s'emparera-t-elle des femmes françaises. Quel bien immense ne pourraient elles pas faire par leurs conseils, leurs leçons et leurs exemples, au lieu de périr d'ennui dans leurs longues journées d'inaction et de futiles préoccupations.

Travail et étude, voilà ce que vous vous devez à vous-même pour ne pas laisser votre âme se déformer dans la rouille de la paresse et de l'ignorance.

Voyons ensuite ce que vous devez à ceux qui vous entourent.

CHAPITRE III.

La jeune fille (Suite). — Ses devoirs envers ses parents.

Dans ce cercle de la famille, se placent, en première ligne, votre père, votre mère, et peut-être aussi, au moins pendant quelques courtes années, un aïeul vénéré, une aïeule chérie.

Que votre douceur et vos soins auprès de ces chers vieillards réchauffent leur cœur et embellissent leurs derniers jours ! que leurs bénédictions vous soient acquises.

Le dévoûment à la vieillesse porte toujours bonheur.

Votre père, ah ! qui dira sa tendresse, sa sollicitude pour vous. Elle vous paraît quelquefois exigeante, exagérée, intolérante. Enfant, vous ne savez rien de la vie, de ses piéges, de ses dangers. Laissez cette main amie, mais ferme, vous conduire. Dormez en paix, chère fille, sous cette égide tutélaire. Quel malheur vous atteindra jamais tant que vous serez sous sa protection ? Avec lui, nulle inquiétude pour l'avenir : un père prévoyant y a pourvu. Il a fait de cette préoccupation le but de sa vie, le couronnement de son existence. Vous le trouverez quelquefois soucieux, peu disposé à la gaité qui est de votre âge. Que vos douces caresses écartent de son front la pesanteur des affaires ; que les pensées si droites de votre jeune âme le consolent de l'astuce des méchants ; que votre bonté le calme, que votre sagesse et votre raison le rassurent, et que vos traits si purs, en réfléchissant la sérénité de votre âme, soient la joie de ses yeux et l'espérance de son cœur.

Ne blâmez jamais votre père ; et, puisqu'il est dans la nature de l'homme bien des imperfections, couvrez les siennes du manteau de votre amour, de votre parfaite indulgence. C'est le premier de vos devoirs.

Si la fortune, trompant ses prévisions, renversait d'une main capricieuse l'édifice de votre avenir, que ce père malheureux trouve dans votre courage, dans la fermeté de votre caractère et dans la justesse de votre coup d'œil, les ressources d'un conseil judicieux.

Combien de jeunes filles sont ainsi précipitées du faîte d'une position brillante aux angoisses d'une vie sans issue !

Dans ces fâcheuses circonstances, ne vous dites jamais qu'il y a eu de la faute de votre père ; gardez-vous de l'accuser. Fermez courageusement les yeux

sur un passé qui n'est plus, qui ne peut plus renaî-
tre, et engagez-vous sans hésiter dans le nouveau
chemin que vous devez parcourir.

Le travail, ses consolations et ses joies, vous sont
offertes ; allez à eux hardiment, sans peur, sans dé-
faillances.

Vous avez reçu de la nature toutes les ressources
nécessaires ; l'éducation et l'instruction les ont dou-
blées, et vous hésiteriez !

Que de carrières sont ouvertes aux femmes intel-
ligentes et laborieuses, en attendant qu'on ne leur
ferme plus celles qui peuvent encore convenir à leurs
aptitudes, et qu'on ne laisse aux hommes, ne leur en
déplaise, que celles où la force est absolument nécessaire. Sans parler de l'inconvenance et des dangers qu'il y a, à introduire, comme Docteur, un
homme dans la chambre d'une jeune malade.

Quand je vois ces rois de la création, pourvus
d'une superbe crinière et quelquefois avantagés d'une
taille de cinq pieds six pouces, bonne mesure, peser
délicatement et aligner des lettres dans un bureau de
poste ; compter et ranger gravement des feuilles de
papier timbré, je suis tentée de leur rire au nez et
de me moquer de tant d'avantages physiques dépen-
sés avec un tel aplomb pour un si petit intérêt.

Rien ne m'amuse encore, comme cette nuée de
commis, qui, dans un magasin de drogueries, de
nouveautés, de fil ou d'aiguilles, s'empressent, la

bouche en cœur et la raie bien tirée sur le milieu de la tête, pour servir à une bonne dame une pincée de tilleul, ou du coton pour deux liards !

Et c'est là le sexe fort ! Je rougis de la mesquinerie dans laquelle s'éteignent ces forces, et peut-être ces intelligences ! qu'on renvoie l'homme creuser la mine et dompter la vapeur !

L'enseignement est une carrière qui convient parfaitement aux femmes. Toutes, nous en avons la vocation, nous naissons institutrices ; la nature l'a voulu ainsi. Combien les jeunes garçons même ne gagnent-ils pas à être élevés par une femme !

C'est nous qui avons le secret de la bonne éducation, et un jeune homme qui a vécu dans la société des femmes bien élevées se remarquera toujours entre les autres.

Je ne puis me rappeler sans émotion que ma première institutrice fut une jeune fille de vingt-trois ans. A cet âge-là, elle dirigeait seule, avec une sous-maîtresse de seize ans, un pensionnat de cinquante à soixante élèves. Levée en tout temps à cinq heures du matin, sa journée était remplie par les soins que réclamaient ses élèves et les leçons qu'elle leur donnait. Cela a duré sans interruption pendant bien des années et dure probablement encore, je l'espère du moins.

Pendant ce long espace de temps, Mademoiselle Clavel n'a cessé un seul jour d'enseigner le bien et le devoir par sa parole et par ses exemples. Qu'elle reçoive ici mon juste tribut d'éloges et de reconnaissance.

Mais si vous échappez au grand souci d'avoir à vous faire une position par vous-même, si la fortune n'a pas pour vous de ces coups terribles et imprévus, si vous devez passer ces premières années de votre vie tranquille et heureuse entre votre père et votre mère, combien plus encore devez-vous remercier la Providence de vous avoir épargné ces rudes épreuves, et quel soin ne devez-vous pas apporter à régler votre caractère, à vous avancer dans la perfection.

Point d'orgueil, d'aigreur, de caprices. Parlez avec douceur. N'imposez jamais vos goûts, vos opinions. Donnez votre avis modestement quand on vous le demande. Méfiez-vous de vous-même, de votre inexpérience. Réprimez l'essor de votre vivacité ; pas d'intempérance de pensées, de langage. Réfléchissez beaucoup, ne parlez point à tort et à travers et sur toute espèce de sujets, connus ou inconnus. N'émettez pas d'opinions originales et en dehors des idées reçues.

Pas de prétentions à l'esprit ; elles sont toujours intolérables chez la femme ; chez la jeune fille, elles seraient souverainement ridicules, et le ridicule.... vous savez le reste. Il est bien entendu que la jeune fille doit être simple, timide, dépourvue de toute envie de briller ou de paraître ; qu'eussiez-vous en partage l'intelligence, les grâces et le savoir réunis des doctes sœurs, vous ne devez être que la plus modeste.

Cachez même soigneusement votre supériorité, si vous en avez. Redoutez l'envie, soyez très bonne, très indulgente. Prenez parti pour le faible. Excusez tout. Ne poussez jamais aux mesures de rigueur. Exhortez à la patience, que votre vie soit toute de dévoûment : c'est la vie de la femme. Peu d'hommes sont capables du dévoûment qui dure. La femme peut et doit le pratiquer jusqu'à son extrême limite. C'est une de ses qualités particulières, et pourquoi craindrais-je de le dire ? une des supériorités incontestables de sa nature.

Quelques jeunes filles supportent impatiemment le joug de l'obéissance vis-à-vis de leur mère.

Ma mère veut tout voir, tout savoir. Ma mère, et c'est là, d'ordinaire, un des griefs les plus sérieux, ma mère me traite comme un petit enfant. Je n'ai point de liberté, point d'initiative ; on dirait que je n'ai que dix ans. Il est difficile, en effet, de trouver le point juste où l'on ne doit plus considérer ses enfants comme des enfants. Ils le seront toujours pour une mère dont l'expérience est en avance sur eux de vingt-cinq bonnes années ; et les points de contact étant plus multipliés parce qu'on ne la quitte pas, c'est vis-à-vis d'elle particulièrement que s'accusent ces velléités d'indépendance. *Non serviam !* Je n'obéirai point ! Et si, mille fois par jour, l'occasion se présente d'arborer ce drapeau, et que chacune des deux ne rabatte rien de ses prétentions, comprenez, si vous le pouvez, combien une pareille existence est intolérable. Une mère qui a du bon sens n'impose pas à tout propos son autorité ; mais, remettons les choses à leur place, est-ce à a mère de céder toujours ? Triste tendance pour une jeune fille que de vouloir secouer trop tôt ce joug d'amour !

Il y a des jeunes personnes qui ont l'esprit de contradiction. Je n'en connais pas de plus insupportable. Que votre premier mouvement soit toujours approbatif. Il y a mille fois plus de plaisir à dire oui qu'à dire non, non et toujours non ! Contrarier perpétuellement les personnes avec lesquelles on vit, c'est la marque d'un mauvais esprit et aussi d'un mauvais cœur qui se plait à désobliger et à vivre dans de continuelles taquineries.

Il y a des natures molles, apathiques, incapables de dévoûment, j'allais dire de mouvement. Pourvu qu'on ne les dérange pas, tout est bien. Elles vivraient au milieu du plus affreux désordre sans faire un effort pour le surmonter. Elles verraient s'écrouler la voûte du ciel, qu'elles ne se sentiraient pas la force d'étendre la main pour le soutenir. Quel soulagement peut-on attendre d'une pareille fille ?

Dans ces diverses conditions, que deviennent les égards et les soins que nous devons à notre mère, et comment remplissons-nous le devoir que nous impose l'Esprit-Saint de ne jamais la contrister ? Si elle ne trouve pas dans ses enfants l'assistance et la joie qu'elle a droit d'en attendre, qui la consolera de cette immense privation ?

Que les jeunes filles soient la couronne d'honneur de leur mère ; que leur attitude, leur langage vis-à-vis d'elle soient l'expression des sentiments d'amour et de respect qui les animent.

Il arrive quelquefois, hélas ! que dans une famille, le père et la mère sont divisés, ne vivent pas en bonne harmonie.

Quelle tristesse pour des enfants et pour une jeune fille en particulier ! Mais aussi, quelle plus belle occasion de montrer la délicatesse de ses sentiments ! Ah ! c'est ici que votre rôle devient difficile, épineux. Entre un père et une mère qui ont des droits égaux à votre tendresse, vous vous rangez intérieurement du côté de celui qui vous paraît avoir raison, et vous ne devez pas le laisser connaître ; vous vous révoltez contre l'injuste ; vous souffrez cruellement d'un état de choses violent, et votre cœur doit se briser plutôt que d'articuler une plainte, un reproche. Au milieu de ces tristes conflits, votre devoir est d'aller de l'un à l'autre comme un ange consolateur, d'appeler à votre aide tout ce que vous avez de délicatesse, de sentiment pour n'effleurer que d'une main légère une plaie aussi douloureuse. Les bonnes paroles même sont de trop dans ces cruelles circonstances ; la tristesse est aussi quelquefois importune. Il est des consolations qui ne s'offrent pas ; il est des peines que l'on ne veut pas laisser voir. Vos efforts doivent tendre à faire croire à la sérénité de votre âme, à l'espérance de voir revivre la paix, fussiez-vous brisée par la pensée d'un malheur sans remède. Que de fois vous aurez à vous dire avec le poète :

> Et moi qui console et soutiens.....
> J'ai besoin d'être consolée !

Vous le serez certainement par le Dieu qui vous envoya cette épreuve à subir, et qui ne manque jamais de proportionner la récompense à la grandeur des devoirs qu'il impose, car on a vu bien souvent des parents réconciliés par leurs enfants, et quel bonheur pour vous d'avoir, par votre sagesse, amené de si doux résultats !

Envers vos frères et vos sœurs, si vous êtes leur aînée, soyez pour eux une seconde mère.

Vous leur devez de bons exemples, vos soins, votre amitié, votre dévoûment.

S'ils sont plus âgés que vous, si vous avez des frères qui soient vos aînés, et pas toujours aussi sages, aussi raisonnables qu'ils le devraient, votre rôle est tout tracé : votre cœur et votre esprit vous l'indiqueront facilement. Entre le père qui sévit et la mère qui souffre et cache les fautes, la sœur bien-aimée doit être l'ange qui apaise, qui console. C'est encore là votre devoir.

CHAPITRE IV.

Sur le choix d'un mari.

S'il m'était permis de donner un conseil de plus, je dirais à la jeune fille qui est arrivée à l'âge ou l'on se marie : Ne soyez pas trop difficile dans votre choix. N'épousez jamais un joli garçon ; choisissez celui qui vous paraîtra le plus honnête, le plus capable de vous rendre heureuse et de réussir dans sa carrière.

Ne vous décidez point pour un prétendant par cela seul qu'il est riche ; la fortune peut se dissiper et vous vous trouveriez vis-à-vis de rien, vis-à-vis d'un sot. Préférez un homme qui ait du mérite, de la valeur par lui-même, et si vous avez de la fortune, ne craignez pas de la partager avec lui : sa part sera encore plus forte que la vôtre.

Du reste, faites aveuglément ce que vos parents vous conseilleront, votre mère surtout. Les femmes ont un tact plus sûr, plus fin, qui embrasse mieux les détails. Les hommes ne voient les choses qu'en gros,

No mettez pas trop de temps à vous décider. Mille idées désavantageuses peuvent vous passer par la tête et vous montrer tout en noir, en grossissant les points défectueux. N'attendez pas de trouver la perfection : elle existe rarement. Ah ! que je voudrais faire apprendre aux jeunes filles à marier cette excellente fable de La Fontaine :

> Certaine fille un peu trop fière
> Prétendait trouver un mari, etc.

Ne vous embarrassez pas non plus du caractère de votre futur beau-père ou belle-mère. Ne manquez pas un bon mariage parce que les parents du jeune homme vous déplaisent. Les parents s'en vont, le mari reste. C'est avec lui qu'il faut vivre ; pourvu qu'il soit bon et qu'il vous aime, que vous importe ? Si vous vous arrêtez à toutes les pierres du chemin, vous n'arriverez jamais au but. Le but du mariage est, pour la femme, de se donner un appui, un protecteur, un conseil intime et désintéressé.

Le mariage doit aussi remplir ce vide du cœur qui en se prolongeant trop, en dessécherait les fibres si délicates, et ferait, de la créature par excellence la mieux faite pour aimer et être aimée, un être déclassé et incomplet, tout d'égoïsme et d'aigreur, voué aux tristesses de l'isolement, lorsque le créateur l'a formé pour la bienveillance et l'amour que comporte la vie de famille.

Et comme un être dévoyé ne saurait être heureux, vous palerlez cher votre entêtement à vous être écarté du grand chemin pour suivre une route solitaire. D'ailleurs votre position chez vos parents peut changer. Vous pouvez perdre votre mère. Votre père alors peut se remarier. Quelle triste figure feriez-vous vis-à-vis de l'étrangère qui serait devenue la maîtresse de la maison ?

Profitez donc du moment favorable, et quand il se présentera un parti convenable, ne le repoussez point pour attendre mieux, car le mieux est presque toujours l'ennemi du bien.

CHAPITRE V.

L'ouvrière.

J'écrirai ce chapitre avec amour. La jeune fille pauvre m'intéresse infiniment. Je la vois dans cet intérieur d'ouvrier ; le père travaille rudement et la mère aussi, quand elle est la vaillante compagne. Les enfants sont envoyés à l'école ; tout est pour le mieux.

Jusque là, la jeune fille a vécu insouciante, c'est encore dans l'ordre ; mais à douze ans, il faut apprendre un état.

Avoir un état, c'est tenir sa fortune dans ses mains. Ne venez pas me dire qu'il est impossible à la femme de vivre de son travail. Je vous répondrai que ce n'est pas la vérité. Chaque état nourrit celui ou celle qui l'exerce, et il n'y a que le vice ou la paresse qui nous fasse endurer le besoin.

Regardez autour de vous ; celui qui veut travailler sait toujours trouver de l'ouvrage et celui qui travaille ne meurt jamais de faim. C'est la loi de Dieu, du reste, c'est notre devoir à tous. Celui qui ne travaille pas ne mérite pas de manger, dit le Seigneur, et j'ajoute avec conviction que le travail est le plus noble présent que Dieu nous ait fait.

Il chasse non seulement la misère ; mais encore il entretient la force et la santé. Que la jeune ouvrière comprenne bien son bonheur, sa supériorité. D'où lui vient sa gaîté ? Ces chants joyeux partis de cette mansarde, de cet atelier, ces chants où s'exhale l'exubérance d'une nature vigoureuse, d'une vitalité entière et non comprimée, comparez-les à nos roucoulements de salon.

Vous allez donc avoir un état, jeune fille, c'est-à-dire que, seule, vous pourrez vous suffire, pourvoir à vos besoins. Quelle immense supériorité ! La jeune fille riche ne sera pas capable de s'habiller sans le secours d'autrui, de tortiller ses cheveux, de lacer sa chaussure, d'attacher le moindre cordon, et vous, d'un tour de main, vous serez ajustée, propre et gentille comme l'alouette dès l'aube. C'est vous qui confectionnerez ces ajustements coûteux, ruineux même, qui n'embellissent point celle qui les porte, et sont plutôt un sujet de gêne et d'embarras.

Vous aurez votre fortune dans la main, à l'abri des jeux de bourse et des coups du sort. Vous serez riche, car vous saurez que ce n'est pas celui qui possède le plus d'argent qui est le plus riche ; mais celui qui a le moins de besoins.

Faites-vous de l'économie une règle inviolable ; prenez l'habitude de vous priver de tout ce qui n'est pas absolument nécessaire. Visez à vous faire un capital, si mince qu'il soit ; il augmentera comme la boule de neige qui roule, roule, roule, et qui grossit toujours.

Ne gaspillez point votre jeunesse ; vous savez que la vieillesse, c'est la nuit où l'on ne peut plus rien. Profitez de la lumière tandis qu'elle vous éclaire ; elle s'use vite.

Habituez-vous à peser et à réduire vos dépenses ; ne laissez échapper qu'avec regret de vos doigts l'argent que vous avez gagné. Aimez l'épargne ; tout est là ! Conservez après avoir acquis. Les premiers cent francs seront longs à économiser ; mais ensuite cela ira tout seul. Que de gens, riches aujourd'hui, qui ne l'étaient pas il y a trente ans, et qui ont commencé comme vous ! Pour cela, je vous conseille encore, si vous ne savez lire et écrire qu'imparfaitement, d'aller à quelque classe du dimanche, quand les municipalités voudront bien faire quelques sacrifices pour en établir.

Il faut absolument que vous sachiez lire, écrire, compter. L'orthographe et les quatre règles d'arithmétique vous sont nécessaires pour ne pas rester dans l'ornière des ouvrières inférieures et devenir maîtresse d'atelier à votre tour ou entreprendre un commerce quelconque.

Car vous devez être ambitieuse ; vous devez désirer d'arriver au premier rang parmi vos égales. Vous devez aspirer à diriger, à votre tour, d'autres jeunes filles, et à réaliser, comme les autres, de beaux bénéfices. Voilà où doivent tendre vos efforts, vos espérances, si vous êtes laborieuse et intelligente.

Un bon mariage viendra ensuite. Vous épouserez un brave ouvrier, travailleur et honnête comme vous, et, tous les deux animés des mêmes bons désirs et des mêmes légitimes espérances, quel chemin ne parviendrez-vous pas à faire !

Mais je dois toucher du doigt une des plaies vives de notre société. Vous entendrez dire, ma chère enfant, oh ! pardonnez-moi si j'aborde un sujet aussi délicat, vous entendrez murmurer à votre oreille que vous êtes trop jolie pour travailler, — on est toujours jolie quand on est jeune, — c'est reconnu ; que le travail gâte et flétrit la beauté. Quel mensonge ! Comme si celles qui ne font rien ne vieillissent pas, n'enlaidissent pas ! Rien n'est bienfaisant comme le travail, rien n'enlaidit comme l'oisiveté ; car il y a deux sortes de beautés ; la beauté saine et honnête qui reflète un cœur vertueux, et la beauté dégoûtante qui accompagne une vie corrompue.

Fermez vos oreilles à de tels propos. Faites une garde vigilante autour de vous, car les jeunes filles pauvres sont obligées de se garder elles-mêmes ; et loin de rougir de votre pauvreté, soyez-en fière ; de cette noble fierté que Dieu mit au cœur de tous pour nous préserver du mal ; mais qu'il donna à la femme comme un vêtement inaltérable qu'ell' ne doit ni abandonner, ni ternir. L'honneur d'une jeune fille pauvre ne vaut-il pas celui de la jeune fille riche ? allez, séducteurs qui m'offrez la honte et l'infamie, gardez votre or, je le méprise, je le foule aux pieds. Je m'estime autant que vous, plus que vous ! Je m'estime autant que vos sœurs, que vos fiancées. Allez leur porter vos hommages ; moi, je garde mon cœur et ma foi pour celui qui, mettant sa main dans la mienne, me jurera amour et protection devant Dieu et devant les hommes, et, appuyée sur son bras vigoureux, je ferai mon chemin dans la vie, sans m'arrêter aux ronces et aux cailloux. Et vous, mon beau monsieur, qui le sait ? Je vous laisserai peut-être en arrière, on en a vu bien d'autres ; je serai peut-être un jour plus riche que vous qui n'aurez su que dépenser et jouir, tandis que les victimes que vous aurez détournées du bon chemin et qui m'éclaboussent aujourd'hui, je les verrai, vieilles et flétries, m'implorer et me tendre la main. Ah ! il vous faut nos jeunes visages pour vous réjouir, vieux blasés ! Je garde ma beauté et mon front pur pour l'homme qui me donnera son nom, pour mes enfants dont les vertus seront ma couronne et mon bonheur.

Et maintenant, que m'offririez-vous, avec tout votre or, qui pût valoir ces richesses-là ?

Gardez dans votre ajustement cette simplicité qui honore la femme pauvre et annonce un caractère sérieux. Pas de colifichets, de rubans. Que j'abhorre le ruban ! Du linge bien blanc, voilà la suprême élégance. Vous pensez, peut-être, être plus belle avec une robe trainante qui encombre vos pas et détruit le charme de votre démarche. Vous croyez que vos cheveux naturels et soyeux ne vous parent pas aussi bien que ceux que l'on achète à l'étalage d'un coiffeur. Quelle erreur ! Ces objets que vous payez très-cher, en vous appauvrissant, vous enlaidissent. Vous voulez copier la grande dame, vous n'en êtes que la carricature. Adieu vos grâces naturelles si vous les échangez pour ce je ne sais quoi de guindé et d'artificiel. Vous n'atteindrez jamais, malgré vos efforts, à la distinction que donne l'habitude de l'élégance, et vous perdrez les qualités exquises et particulières que la nature vous a données.

CHAPITRE VI.

La servante.

Je veux dire également deux mots à la jeune servante.

Moins exposée que l'ouvrière, si elle a soin de ne se placer que chez de braves gens, celle-ci a certains avantages en retour de sa liberté, qu'elle a aliénée. Elle a le vivre et le couvert assurés, et elle mènera, relativement, une vie exempte de soucis. Elle aura, à la vérité, à contenter ses maîtres; mais quelle est, dans la vie, la position où l'on n'est pas assujetti à des maîtres et obligés de les contenter. Il en est de tant de façons et de si insupportables! Ceux-là, du moins, on peut les quitter, quand on sent qu'on ne peut parvenir à les satisfaire. Cependant, comme après tout, on ne fait que changer de chaine, puisque, coûte que coûte, il faut toujours en porter une, je conseille à la jeune servante de ne pas changer trop souvent.

Lorsqu'elle aura eu le bonheur de tomber chez d'honnêtes gens, elle doit s'attacher à eux, et mettre tous ses soins à les bien servir. Une fille qui change continuellement, finit par ne plus trouver que de mauvaises places. Habituez-vous au caractère et aux défauts de vos maîtres, et surtout, tâchez de vous corriger des vôtres, défauts. C'est une bonne maxime à retenir que, pour vivre en paix. Il faut, non pas réformer ceux avec qui l'on vit; mais se réformer soi-même.

Du travail d'abord, de la conduite toujours, de l'économie ensuite. A quoi vous servirait, aussi bien qu'à l'ouvrière, de gaspiller votre jeunesse, puisqu'elle est votre seul patrimoine ? Economisez. Mais, me direz-vous, mes gages ne sont pas élevés. Raison de plus pour économiser.

Ecoutez : je connais une vieille fille qui a servi pendant quarante ans les mêmes maîtres avec vingt-cinq francs de gages d'abord, et finalement arrivée à la somme de vingt-quatre écus, soixante et douze francs, et qui, avec cela, a trouvé le moyen d'acheter, dans son village, une petite maison avec un jardin et une pièce de terre. J'ai ma vie assurée, me disait-elle ; mon champ me fournit du blé et des pommes de terre ; mon jardin, des légumes et des fruits. J'ai un petit troupeau dans mon étable, et je fais encore, malgré mon âge, bon nombre de journées au dehors. Vous voyez que j'en ai plus qu'il ne m'en faut, et mon neveu qui doit recueillir ma succession, ne se plaindra pas de sa vieille tante.

Ce résultat ne paraîtrait peut-être pas assez flatteur pour nos jeunes servantes des villes ; mais il y a dans la maison de mon père différentes demeures, selon nos diverses aptitudes. Qui vous empêchera de devenir un jour maîtresse d'hôtel ?

Vous êtes bonne cuisinière, vous avez de l'ordre, vous avez fait des économies, vous vous marierez. Vous prendrez d'abord un petit établissement qui prospérera, puis un autre plus important, et vous ferez fortune. Ce n'est pas plus difficile que cela.

Je vous le dis en vérité, vouloir, c'est pouvoir. Il n'y a que ceux qui n'aspirent à rien qui n'arrivent à rien, c'est-à-dire les incapables et les paresseux.

CHAPITRE VII.

La vieille fille.

Je ne donnerai ni un éloge, ni un satisfecit à la vieille fille.

Ordinairement, on ne se marie pas, parce que l'on craint les embarras et les soucis du mariage, surtout si l'on n'a pu trouver un riche parti.

On s'occupe peu de l'obligation de mener une vie utile : on veut vivre pour soi et rien que pour soi. C'est de l'égoïsme au premier chef, le moins intéressant et le moins excusable des vices, si toutefois un vice peut être jamais ou excusable ou intéressant.

L'homme n'est pas fait pour vivre seul, dit l'Ecriture, et la femme encore moins, ajoute un penseur.

Quelquefois aussi, on ne se marie pas parce que l'on n'a pu épouser son idéal.

Je respecte certaines douleurs ; mais le temps les guérit toutes. Je devrais dire certaines illusions, car je suis persuadée que l'idéal trouvé et atteint n'aurait pas, a beaucoup près, réalisé tous les rêves. Et l'on a repoussé, bien à tort, pour une chimère, des mariages sérieux qui présentaient des garanties de bonheur.

Ce fut une faute, une grave erreur dans votre vie. Vous le comprendrez plus tard quand vous retrouverez avec une certaine amertume, vos jeunes amies mariées et entourées d'une jeune famille dont les caresses et l'amour vous seront à jamais inconnues.

Plus tard, encore, vous perdrez vos parents, et, seule, vis-à-vis de vous-même, triste épave d'un naufrage moral, vous aurez, pour vous repentir de votre sottise, de longues années d'isolement, pendant lesquelles votre âme et votre corps s'énerveront et perdront leurs qualités les plus précieuses, faute d'action et de stimulant.

Vous en viendrez, à la fin, à subir le joug d'une servante, vous qui étiez restée fille pour ne porter, disiez-vous, aucun joug ; et cette femme qui aura su se rendre indispensable en vous déchargeant de tous les soins matériels, vous dominera. Vous vous soumettrez à elle par la crainte de perdre ses services dont vous êtes arrivée à ne plus pouvoir vous passer.

Le monde, lui, vous aura abandonnée depuis longtemps. Vous ne lui aviez rien donné jamais, il ne vous devait rien ; c'était justice ; et vous finirez dans l'isolement et la tristesse, une vie nulle, à charge à vous-même et aux autres.

Serviteur inutile, que présenterez-vous au souverain Juge quand il vous demandera compte du talent qu'il vous avait confié ? Vous l'avez enfoui de peur de le perdre, et vous l'avez perdu après l'avoir enfoui, car la rouille de l'égoïsme et de la paresse l'a dévoré.

CHAPITRE VIII.

La jeune femme.

Vous voilà mariée.

Vous êtes de retour de votre voyage de noces. Votre intérieur est en ordre, vos parures et votre trousseau renfermés. Vous êtes vis-à-vis de vous-même, ou plutôt en présence d'une vie nouvelle qui tient un peu de l'inconnu, et que nous allons tâcher d'analyser ensemble, comme le pilote sonde un rivage nouveau vers lequel il doit se diriger.

Vos premières réflexions se fixeront sur le caractère de votre mari. Vous avez besoin d'apprendre a le connaître, et cette étude doit faire l'objet de vos sérieuses préoccupations. Vous y trouverez du bon et du mauvais. Vous n'êtes pas parfaite vous-même : votre mari ne saurait être parfait. Il vous importe de savoir quels sont ses défauts et ses qualités, pour tirer parti des unes et combattre les autres, car vous êtes solidaire et responsable du mal qu'il pourra faire et le châtiment en retomberait aussi bien sur vous que sur lui.

Ne vous récriez pas, cela n'est ni dur ni injuste ; cela est bon et naturel ; vous ne tarderez pas à le reconnaître.

Vous êtes unis pour la vie, vous allez partager la même fortune, souffrir des mêmes douleurs, être heureuse des mêmes joies. L'honneur de votre mari devient votre honneur ; sa gloire, votre propre gloire ; sa honte ou son malheur, votre honte ou votre malheur.

Comment pourriez-vous vous désintéresser de ses actes et y être indifférente, puisque vous devez en subir les conséquences ?

Il faudra donc qu'il marche dans la bonne voie. Tous vos efforts doivent tendre vers ce but ; et si, dans la cérémonie du mariage, les époux ont prononcé le serment de fidélité en se tenant par la main, c'est pour montrer qu'ils se doivent une mutuelle assistance. L'homme n'a point, d'un air protecteur, étendu sa main droite sur la tête de sa jeune compagne. Ils étaient devant Dieu et devant les hommes sur le pied d'une égalité parfaite ; deux créatures d'aptitudes physiques et morales différentes sans doute ; mais douées toutes les deux d'une âme immortelle, et réunissant leurs forces pour engager la bataille de la vie et pour la gagner.

CHAPITRE IX.

Données générales.

Votre première application par rapport à votre mari, doit être de lui faire aimer son intérieur. Qu'il y revienne toujours avec plaisir, et, pour cela, qu'il s'y trouve mieux que partout ailleurs, qu'en rentrant chez lui, il vous revoie souriante, proprement ajustée dans un appartement où tout soit en ordre, où son cœur et ses yeux soient satisfaits ; sentiment de bien-être qui est un des plus grands charmes du foyer ; délicieuse attraction contre laquelle ne tiennent jamais, ni les goûts, ni les habitudes de dissipation.

Vous veillerez avec un soin minutieux à la propreté et à l'arrangement de votre maison, au confortable général et particulier : bons feux en hiver et lampes brillantes ; demi-jour en été et soin de renouveler l'air des appartements, que l'on éprouve une bonne impression en y entrant. Ces choses-là n'ont l'air de rien et sont énormes.

Que votre cuisine soit bien ordonnée, votre nourriture soignée, vos repas réglés. Si vous voulez mettre votre mari de bonne humeur, me disait une de mes tantes, faites-lui faire un bon dîner. Combien de fois m'en suis-je rappelée en voyant la satisfaction qui accompagne généralement un repas réussi, et la différence quand il est manqué. Mais, me direz-vous, je n'ai pas à me mêler de cela ; c'est l'affaire de ma cuisinière. Pardonnez-moi, Madame, vous devez vous mêler de tout, et de cela aussi. Vous êtes le ministre de l'intérieur et le ministre responsable. Vous devez diriger et surveiller vos fonctionnaires, c'est-à-dire les domestiques que vous employez ; et ce n'est pas à eux, mais à vous que l'on s'en prendra, si les choses vont de travers.

Ne vous absentez pas à l'heure des repas ; rien ne met messieurs les maris de méchante humeur, comme d'attendre et de ne pas trouver Madame à la maison en y rentrant. Évitez-le soigneusement.

Que le moment du repas soit aussi celui de la conversation, du repos, de l'abandon. Ne souffrez à aucun prix qu'on lise à table.

Soyez gracieuse et sensée dans ces moments de conversation intime. Informez-vous sans prétention des affaires que votre mari a faites, des personnes qu'il a vues. Écoutez-le avec intérêt. C'est votre avenir et le sien, c'est votre fortune et votre bonheur qui sont au fond de ces choses, qu'un trop grand nombre de femmes insoucieuses et sottes, affectent de traiter d'insipides, d'insupportables. Si votre mari est militaire, il parlera de ses manœuvres, c'est naturel ; financier, des affaires bonnes ou mauvaises qu'il aura traitées ; négociant, des embarras et des soucis du commerce. Que pouvez-vous avoir de plus intéressant à entendre ? Voulez-vous parler éternellement chiffons et bagatelles ? La belle raison pour que votre mari se plaise dans votre société et vous donne sa confiance, si vous ne savez discuter que sur la coupe d'une robe ou d'un chapeau ! Je connais intimement la femme d'un banquier qui travaille souvent au bureau de son mari et voit tous les soirs les affaires de la journée. Pensez-vous qu'elle se réveille jamais ruinée ?

Prenez l'habitude, dès les commencements de votre mariage, de passer vos soirées ensemble. En été, faites de longues et salutaires promenades ; en hiver, près d'un feu bienfaisant, la lecture de quelque bon livre, d'un journal ; et chez vous ou chez des amis, de la musique, quelques parties de cartes, d'échecs, de dames, de dominos, etc. Vous devez tout savoir, tout connaître ; l'agréable aussi bien que l'utile.

Il y a des femmes qui croient avoir montré un esprit supérieur lorsqu'elles ont dit : Oh ! les cartes ! Je les abhorre ; je ne connais aucun jeu ; je les ai en horreur. La musique ! Je l'ai prise en aversion ; je n'ai pas ouvert mon piano depuis que je suis mariée. La lecture ! Je ne lis jamais ; je n'en ai pas le temps.

Les journaux, je les exècre. Ah ! par exemple, je lis
le feuilleton ; mais quand il est bien romanesque,
oh ! mais là, d'une façon extraordinaire ; cela m'intéresse alors. Bien obligée, chère Madame ; je ne
m'étonne plus si Monsieur votre mari n'a rien de
plus pressé que de courir au cercle après dîner avec
le dernier morceau à la bouche. Quels frais faites-
vous pour le retenir chez lui ?

CHAPITRE X.

Dépenses

De même que le ministre de l'intérieur, vous aurez un budget à équilibrer : recettes et dépenses.

Prenez garde qu'il ne se solde en déficit ; ce serait le commencement de la ruine ; i-né-vi-ta-ble-ment. Le budget est la base sur laquelle s'appuie l'édifice de votre prospérité. Mettez-y bon ordre dès les premiers jours. Sachez au juste quelles sont vos ressources, si votre mari est employé, quels sont ses appointements ; rentier, ses revenus ; négociant, quelle somme il peut vous allouer. Vous en prélèverez d'abord et sans regret, le quart pour les choses imprévues. Ce chapitre de l'imprévu est plus gros qu'on ne pense. Si vous n'aviez pas un fond de réserve, comment feriez-vous ? Vous devez vous arranger pour vous tirer d'affaire avec les trois quarts restant.

Vous écrirez toutes vos dépenses. Allez bien doucement pour le détail, afin de n'être pas épouvantée par le total. D'ailleurs, il ne faut pas commencer, à votre entrée en ménage, par vous mettre de gros frais sur les bras, car c'est le moment où vos dépenses sont le plus restreintes ; elles iront toujours en augmentant. Comment feriez-vous ensuite pour retrancher sur les choses que vous auriez pris l'habitude de regarder comme nécessaires ?

Comptez tous les soirs avec vos domestiques ; n'y manquez jamais, et le carnet à la main, comparez de temps en temps vos totaux divers.

Quant à votre fonds de réserve, si vous pouvez le laisser grossir de manière à ce qu'il s'ajoute à votre capital, vous ferez très sagement, car il est une loi dans la nature qui veut que ce qui n'augmente pas diminue ; rien ne reste stationnaire. Si vous avez des revenus fixes, il n'est pas sage de les dépenser entièrement et de vous trouver à la fin de l'année ou du mois, tout juste vis-à-vis de zéro. Mille circonstances peuvent contribuer à les diminuer, ces revenus, et vous voilà dans la gêne. D'ailleurs, la fortune ne s'éternise pas dans une maison ; elle aime à changer de place, et voilà pourquoi, de tout temps, elle a été représentée un pied sur une roue qui tourne sans cesse. Elle est donc difficile à fixer, et ce sera un honneur pour vous d'avoir augmenté la vôtre par vos économies.

A ce propos, je voudrais dire deux mots, en passant, à la femme du petit employé qui n'a point de fortune, conséquemment rien à attendre de l'avenir, et qui se trouve très heureuse quand elle est allée du 1er janvier à la Saint-Sylvestre sans faire de dettes. Ce résultat est quelque chose, sans doute. Qui dira les prodiges d'économie qu'il faut opérer dans certains cas pour y arriver ? Mais je déclare que c'est pourtant bien médiocre ; et sans m'étendre ici longuement sur ce sujet, je crois que dans cette position gênée, une femme doit désirer de tout son cœur, d'ajouter, par son travail personnel, quelque chose à ces maigres appointements. Quelle satisfaction peut-elle trouver à vivre tranquille pour n'aboutir qu'à la misère ?

CHAPITRE XI.

Le travail à l'aiguille.

Je ne sais trop s'il faut conseiller aux dames de travailler beaucoup à l'aiguille. J'ai vu et compris, par expérience peut-être, que lorsqu'on s'absorbe et se passionne pour un ouvrage de ce genre, on laisse volontiers de côté les choses habituelles qui tiennent à l'ordre et à l'arrangement de la maison et qui doivent passer avant tout.

Pour éviter cet inconvénient, je pense qu'il ne faudrait se mettre à la broderie ou à la couture que lorsque rien ne doit souffrir autour de vous de votre immobilité forcée, car votre devoir n'est pas de suivre vos goûts et de faire ce qui vous plait le mieux ; mais de veiller à ce que tout aille bien pour tout le monde dans le domaine de vos attributions.

Cependant, comme dans une journée bien réglée on trouve du temps pour tout faire et que vous ne devez jamais rester oisive, il ne vous est pas défendu d'entreprendre de ces beaux ouvrages qui font nos délices, et où nos doigts féminins excellent. D'autant plus, que, relisant le portrait de la femme forte qui me sert de critorium, je trouve que, elle aussi, après avoir pesé et mesuré les vivres à ses serviteurs, distribué la tâche à ses servantes, et s'être assurée que chacun est à son poste dans la maison, s'assied à son tour, dit l'Ecriture, et ses mains habiles confectionnent une broderie, « un tour de lit » (*sic*) qui fait l'admiration de ses voisines et passera à la postérité.

Vous voyez que l'Esprit-Saint n'a rien oublié dans le tableau toujours vivant, toujours le même des devoirs et des occupations de la femme. Ajoutons en passant qu'il mentionne aussi le goût naturel que nous avons pour les ajustements, et qu'il ne le condamne pas, lorsque ce goût est contenu dans de sages limites, puisqu'il nous dit encore : La femme forte sortira de sa maison, les jours de fête, et paraitra en public revêtue de vêtements magnifiques, conformes à son rang. N'est-ce pas touché de main de maître, et pouvait-on nous recommander rien qui nous fût plus agréable, plus en rapport, cette fois, avec nos inclinations naturelles ?

CHAPITRE XII.

La lecture.

Il y a des femmes qui ne lisent jamais ; elles n'en ont pas le temps, disent-elles. Il y en a d'autres qui lisent beaucoup trop, et que l'on trouve, à toute heure, en compagnie d'un roman absurde ou mauvais.

La sagesse ne se rencontrant point dans les extrêmes, je tiens pour certain que l'un ou l'autre de ces cas, n'est ni bon, ni juste.

Nous avons besoin de lire. Nous ne vivons pas seulement de pain. Nous ne pouvons trouver un bonheur parfait dans des satisfactions purement matérielles, puisque nous possédons une âme, essence spirituelle qui souffre et s'étiole dans les sollicitations prosaïques de la vie. Pourquoi lui refuser ce qui la fera vivre forte et courageuse ? La nature ne nous a-t-elle pas assez traitées en marâtre, par certains côtés douloureux et humiliants ? Notre esprit ne doit-il pas réagir contre les tendances qui nous inclinent trop fortement vers la terre ? Lui serait-il défendu de se relever, en regardant le ciel ?

Ah ! que ma vie, dès l'aube, appartienne à ceux qui m'entourent, que je m'applique à suffire à la tâche multiple qui incombe à la femme, à la mère de famille ; mais que je me retrouve quelques instants, après ces devoirs accomplis ; et, lorsque chacun goûtera le repos, si je prends une heure ou deux sur mon sommeil, pour me récréer à la lecture d'un bon livre, qui pourra me blâmer ?

Oui ; c'est dans le calme de la nuit qui commence, que je me recueillerai et jouirai de cette suprême délectation.

Je parcourrai, d'un œil avide, les siècles écoulés ; j'apprendrai l'histoire des fautes, des erreurs, des crimes, des grandeurs de l'humanité. Je comparerai les temps, les époques, les mœurs, les systèmes. Je m'inclinerai devant la sagesse des philosophes, étincelle divine jetée dans certains esprits pour éclairer les siècles et dissiper les ténèbres ; regrettant seulement de ne pouvoir, comme les femmes de la Renaissance, lire ces ouvrages immortels, dans la langue harmonieuse et sonore dont ils furent traduits.

Je me retremperai à ces sources qui fortifient, qui guérissent, qui enchantent ; et je reviendrai plus heureuse à mes devoirs journaliers.

Les soucis pourront m'assiéger ; mon esprit aura, souvent, à porter des fardeaux bien lourds ; mais je ne m'en laisserai point accabler. Je saurai trouver, dans ces nobles distractions, un ressort qui me fera mouvoir, allègre et résignée.

Je me tiendrai au courant de tout progrès ; je sais que le progrès est la loi de l'humanité. Je perfectionnerai mon âme en cultivant ma pensée, qui n'est point aujourd'hui ce qu'elle était hier ; ce qu'elle sera demain, puisque rien ne reste stationnaire, pas plus dans l'ordre moral qu'ailleurs ; et je ne m'étonnerai pas de ces changements, s'ils servent à me rapprocher de plus en plus du Dieu qui m'a créée, pour être un jour confondue et ravie dans son éternelle perfection.

Je ne pourrais jamais suffire à ma tâche, me disait une jeune femme déjà mère de huit enfants, si je n'avais mes soirées pour me recueillir et me reposer. Une fois notre petit monde couché, je travaille à l'aiguille et mon mari me fait la lecture. Deux heures de ce calme suffisent à me remettre de l'agitation du jour ; et je recommence le lendemain avec un surcroît de courage et de bonheur.

Une de mes amies — intimes — obligée d'user sa vie dans un travail de chiffres, fastidieux, abêtissant, me disait également :

Je n'y tiendrais pas, si je me couchais sur ces additions, et ces éternelles balances de comptes, qui me danseraient devant les yeux toute la nuit ! Mon préservatif, contre cette fièvre, est une veillée de deux ou trois heures, en tête à tête avec de bons auteurs, anciens et modernes. Je me retrouve là, avec mon monde ; j'oublie le positif un peu dur de mon existence ; et je me remets à mon bureau, le matin, avec une nouvelle provision de force et d'ardeur.

Nous avons encore besoin de lire, pour nous calmer, lorsque notre âme, vivement agitée, va d'une crainte à l'autre, d'un souci à une peine certaine ; et, comme la colombe de l'Arche, ne sait où poser le pied. Quelques pages lues, dans ces tristes moments, tempèrent les exagérations de la douleur où nous nous laissons emporter. Nous voyons mieux où nous en sommes, et nous comprenons mieux aussi, ce qu'il est sage de décider.

Vous ne vous aventurerez point à lire certaines productions modernes, malsaines à l'esprit et au cœur.

Vous ne voudriez pas vivre un moment, ne fût-ce que par la pensée, avec ce monde de voleurs, d'assassins, de filles perdues.

Vous ne voudriez pas que l'on vous surprît avec quelqu'une de ces œuvres littéraires, infâmes d'actions et de langage.

Vous en rougiriez. Mais si, malgré tout, vous teniez à satisfaire votre curiosité sur ces horribles choses, en les parcourant à huis clos, et les mettant ensuite sous clef, comme des poisons dangereux, n'entendriez-vous pas la voix de votre conscience vous rappeler, que, si les hommes ne nous voient pas, Dieu nous voit ? Et que c'est l'offenser que de nous salir par de basses et honteuses pensées ?

Lisez-donc, Mesdames ; mais lisez de bons auteurs que vous n'ayez pas la peine de cacher ; et que cette distraction salutaire ne fasse aucun tort à vos occupations obligées. Se retrancher dans une lecture, quelle qu'elle soit, peut être un larcin commis sur un temps qui ne vous appartient pas, lorsque ce temps doit être employé ailleurs.

Mais ne supprimez pas le livre, ne le rayez pas de votre vie.

C'est là, et rien que là, que nous apparaît cet idéal de gloire, de beauté, de bonté, de perfections, que la femme poursuit dans ses rêves ; et qui n'est, peut-être, après tout, qu'un ressouvenir du ciel (1).

(1) Ressouvenir, *Dictionnaire de l'académie*, édition ancienne. Ce mot peut avoir vieilli, mais il peint si bien ma pensée !

CHAPITRE XIII.

Les amis.

Je dirai un mot des amis.

Je crois que, dans un jeune ménage, les amis et les amies intimes sont de trop.

D'abord, ne recevez jamais, sous ce privilège d'intimité, les amis de votre mari quand vous êtes seule. Il faudrait que vous fussiez bien légère pour ne pas en comprendre les conséquences ; et quant à les avoir entre vous, ce n'est pas nécessaire non plus. Ce serait un mauvais début qui ne vous attirerait que des désagréments. Votre réputation en souffrirait, et votre réputation, sur laquelle reposent l'amour et la confiance de votre mari, doit être à l'abri de tout soupçon.

Vous n'aurez donc aucun homme dans votre intérieur, en tiers, et j'ajoute, aucune femme. Tous deux, vous devez vous suffire, et borner vos relations avec les étrangers à des visites obligées et de cérémonie.

Craignez de vous lancer dans le tourbillon du

monde. N'acceptez d'invitation qu'avec la plus grande réserve, et après y avoir bien réfléchi ensemble, si vous le pouvez sans trop d'inconvénients, restez chez vous. Plus vous y resterez, dans ce cher intérieur, plus vous l'aimerez ; plus aussi vous en ferez comprendre les charmes à un mari qui, dans les commencements, se pliera volontiers à vos goûts, pourvu, toutefois, que vous n'ayez pas l'air de les lui imposer.

CHAPITRE XIV.

Le secret du corps.

Ici se place une observation très-importante.

Vous êtes la maitresse et la directrice de beaucoup de choses dans votre maison. Il en est même un certain nombre qui sont absolument de votre ressort, et pour lesquelles vous avez le droit d'exiger l'obéissance la plus entière ; mais pour les unes comme pour les autres, il vous importe d'user de ce droit sans le faire sentir, sans le faire peser lourdement. Votre volonté, je le reconnais, doit être respectée, à cette réserve près que vous n'exigerez jamais impérieusement qu'elle le soit ; mais que, naturellement, et comme amenée par la force des choses, on la suive sans que vous l'imposiez.

C'est là que se montrera votre tact, votre habileté, c'est dans l'application de ce principe que se trouvera le secret de votre puissance.

Quand vous aurez examiné une chose et reconnu qu'elle est bonne, arrangez-vous pour qu'elle se réalise.

Vous procéderez par insinuation, jamais brusquement. Vous jetterez votre idée dans la conversation sans y attacher de l'importance, comme une parole en l'air, et vous attendrez. Soyez persuadée qu'elle fera son chemin, *votre* idée, et que, très peu de temps après, on vous la renverra, en s'en attribuant la paternité.

L'homme manque d'initiative, c'est un fait certain, parce qu'il manque d'imagination. C'est la femme qui projette. Pourquoi appelle-t-on l'imagination la folle du logis, et qui est-ce qui vit plus au logis que la femme ?

C'est dans le secret de votre maison, alors que vos yeux et vos doigts seront occupés à des travaux d'aiguille, que votre esprit élaborera et mûrira ses plans. « Elle a considéré un champ, dit l'Écriture sainte en parlant de la femme forte, et elle a conseillé de l'acheter. »

Mais quels que soient les heureux résultats de vos projets, gardez-vous de vous en attribuer la gloire. Goûtez ces choses dans votre cœur ; jouissez en secret de votre triomphe, et répétez à qui voudra l'entendre que c'est à votre mari que cette bonne pensée est venue ; que c'est lui qui a tout fait, tout combiné et tout conduit.

Car les hommes ont une dose d'amour-propre qui n'est pas mince, surtout à l'endroit de leur supériorité ! Tous veulent avoir pensé, parlé et agi dans la dernière perfection ; et s'ils font des sottises et des fautes, rarement les en ferez-vous convenir. Cet aveu, d'ailleurs, leur coûterait si cher, qu'il vous ferait repentir de le leur avoir arraché.

Dans ces cas fâcheux et irréparables, la femme doit savoir souffrir en silence, de peur d'humilier et de décourager, ce qui serait la dernière faute à commettre.

Non, quels que soient ses torts, vous devez craindre d'humilier et de décourager votre mari. Qu'il ne croie jamais avoir perdu l'estime du monde, que son amour-propre soit sauvé, et vous pourrez toujours tirer parti de ce qui reste.

Mais si, en femme inconsidérée, vous faites connaître ses fautes aux étrangers, il jettera le masque et n'aura plus rien à ménager. Malheur à vous, s'il peut vous imputer une pareille mortification ! Vous aurez brisé le ressort qui pouvait encore le faire mouvoir et le ramener vers le bien ; il se retirera sans force de la lutte.

J'ai dit que les hommes manquent presque toujours d'imagination.

J'ajoute que, bien souvent, ils manquent de cœur. L'auteur parle en général.

Il est certainement des hommes qui ont le cœur excellent ; qui travaillent de toutes leurs forces pour assurer le bien-être de leur famille, sans jamais se détourner de leurs devoirs ; mais ce n'est pas le plus grand nombre, et je ne crois pas faire injure aux bons maris, aux nobles cœurs, en disant des autres que l'homme a, certainement aussi, le pouvoir et la faculté d'aimer ; mais qu'il aime à sa manière, et son amour est égoïste, inconstant, vaniteux.

L'homme subit la fascination de la beauté, de la richesse, de l'esprit ; mais l'amour pur, désintéressé, durable, l'amour vrai — celui qui est plus fort que la mort — il ne le connaît pas ; il n'est pas dans sa nature de le connaître.

L'homme aime certainement aussi : Il aime ses aises, les soins dont vous l'entourez ; il aime à être flatté ; il aime à contenter ses désirs, ses caprices ; il aime à rapporter tout à lui, il aime à dominer : voilà ce que l'homme aime.

L'amour dévoué, désintéressé, l'amour qui donne tout et ne reçoit rien, cet amour-là n'est pas dans sa nature. Ne lui demandez pas l'impossible ; et si la connaissance que vous acquerrerez plus tard de ces tristes défectuosités morales d'un être qui vous est si cher, vous remplit de trouble et de tristesse, acceptez toutefois votre compagnon de route tel que Dieu vous l'a fait, en vous disant, pour vous consoler, qu'ils ne sont guère meilleurs les uns que les autres.

Cette conclusion un peu brutale posée, fermez les yeux et détournez la tête, ainsi que le fit jadis la femme de Barbe-bleue en refermant le fatal cabinet, et reportant vos pensées sur les qualités réelles et particulières que pourra posséder celui auquel vous êtes unie, appliquez-vous à en tirer le meilleur parti et à annihiler ses défauts.

S'il est vif et impétueux, soyez calme pour le modérer. S'il est mou, indolent, stimulez-le sans en avoir l'air. Montrez-lui pour but de ses travaux l'accroissement de votre bien-être, de votre fortune ; la honte qu'il y aurait à rester dans l'ornière par paresse et par inertie.

Mais quels que soient ses défauts, cachez-les soigneusement. Ne vous en plaignez à personne. Ne prenez jamais de confidente, encore moins de confident.

Tout ce qui se passe entre un mari et une femme doit être enseveli dans le plus profond secret ; et à moins d'une nécessité absolue, ou quand il s'agira d'une chose importante, n'en parlez même pas à votre mère.

Les parents, père ou mère, beau-père ou belle-mère ont un rare talent pour amener la brouille entre les jeunes époux. Ils enveniment les choses les plus insignifiantes, celles qui se seraient arrangées d'elles-mêmes avec une pression de main ; ils aggravent un mal, léger dans le principe, et d'une piqûre d'épingle ils font une blessure, quelquefois bien douloureuse.

Ne racontez donc pas ces mille riens. Sachez vous tirer d'affaire toute seule, sans le secours de personne, vis-à-vis d'un mari qui ne demande pas mieux, le plus souvent, que de terminer, par un baiser, une brouille sans importance.

CHAPITRE XV.

Des choses à craindre.

Ne quittez pas votre maison sans que votre mari vous accompagne. Que de douleurs ! que de peines cruelles peuvent vous attendre au retour ?

Laissez vos chers vieux parents se consoler mutuellement de votre absence quand vous ne pourrez pas aller les voir ensemble.

Votre devoir vous place auprès de votre mari. Ne désertez ce poste sous aucun prétexte. Votre bonheur, votre tranquillité y sont attachés. Ils ne tiennent souvent qu'à ce fil mince et fragile ; un coup de vent, de peu d'importance, peut le rompre à jamais.

Ne prenez point à votre service de jeune fille coquette et trop jolie. Soyez sans pitié pour celle que vous auriez quelque raison à soupçonner d'avoir des mœurs légères, et qu'elle ne séjourne pas dans votre maison. Ne vous fiez là-dessus à aucun bon témoignage de la sagesse de votre mari et de sa bonne conduite passée. On a vu des époux heureux pendant vingt ans, profondément troublés et désunis par une coquine qui s'était introduite chez eux.

Que de femmes malheureuses à jamais, pour avoir négligé ces principes élémentaires, à savoir de ne point s'absenter, et de n'introduire chez elles que des personnes à l'abri de tout reproche et de tout soupçon !

Car il n'est pas de plus grande douleur pour une femme qui a de la délicatesse et qui aime son mari, que de savoir qu'il a pu trahir ses devoirs et manquer à la foi jurée.

Cela ne s'oublie pas, cela ne se pardonne pas. C'est une peine qui ne se compare à aucune autre, un chagrin sans consolation.

Perdre l'estime que l'on avait pour lui ! la confiance et la sécurité ! le mépriser ! se méfier de lui, quand on comptait sur lui comme sur soi-même ! quel changement ! s'habituer à le regarder comme un traître dont la parole peut cacher un mensonge, dont les pas peuvent suivre un sentier mauvais et dangereux ; compter les heures de ses absences, le soupçonner perpétuellement, quel enfer ! Dévorer ses craintes, recevoir des caresses que la dignité outragée voudrait repousser, perdre le bien et le bonheur de sa vie, car le partager, c'est le perdre. Il y a des choses qui ne souffrent pas de partage, vous le savez bien. Oh ! si vous pensiez à ces tourments, maris coupables, comment auriez-vous le cœur de nous les infliger ?

Si un pareil malheur vous arrivait, pas de bruit, pas d'esclandre ; mais coupez court énergiquement au mal, sans un jour d'intervalle, sans une minute de retard.

Que l'infâme créature soit chassée immédiatement et si vous pouvez vous en débarrasser encore mieux en lui faisant quitter la ville que vous habitez n'épargnez ni soins, ni peines pour arriver à ce résultat. Tant que ce fantôme menaçant sera à portée de vous faire du mal, vous ne jouirez pas d'un moment de repos ; une fois parti et disparu, vous pourrez panser vos blessures, et attendre de Dieu et du temps qu'elles se cicatrisent.

Car ce n'est pas de vous seule qu'il s'agit ; le plus pénible n'est pas fait. Il faut encore ramener votre époux à ses devoirs. Il faut qu'en voyant votre peine et votre patience, votre immense douleur et votre tendresse plus immense encore, il se repente et s'accuse.

Alors, seulement, vous serez sauvés.

Oui, je dis sauvés, car l'inconduite, c'est la ruine, c'est la honte, c'est l'infamie.

Que l'on ne crie pas à l'exagération ; l'expérience est là pour le démontrer.

Malheur à vous et aux vôtres, si vous laissiez cette gangrène s'étendre et infecter un être qui doit vous être plus cher que la lumière du jour ! adieu tout ce qui constitue l'honneur et le bonheur d'une maison !

Le vice détruit tout, renverse tout, même les empires, et plus d'États ont péri, dit Montesquieu, parce qu'on a violé les mœurs, que parce qu'on a violé les lois.

Quelles peuvent être les grandes et bonnes actions qui doivent surgir du contact habituel avec une société basse et corrompue ? Vous frémissez à la pensée de la dégradation morale qui en est la suite, et dussiez-vous arracher votre mari à de tels dangers avec la sauvage énergie que vous mettriez à le retirer des flammes, vous trouverez dans l'accomplissement de ce devoir sacré des forces et un courage dont vous ne vous seriez jamais cru capable.

CHAPITRE XVI.

Le jeu.

Le jeu est un mal que vous devez aussi redouter.

On prend l'habitude d'aller au cercle ou au café une heure par jour, puis deux, puis trois ; on y va le soir encore, et, finalement, on y passe la moitié de la nuit.

Si vous laissez votre mari vivre ainsi de son côté et vous, du vôtre ; veiller séparement où vos goûts vous appellent, vous répondrez des conséquences de ce désordre devant Dieu et devant vos enfants.

Un homme qui prend l'habitude de ne paraître, au milieu de sa famille, qu'aux heures des repas, n'est plus, ni un bon père, ni un bon époux. Si vous ne lui faites aucune observation pour l'arrêter sur cette pente fatale, vous manquez à vos devoirs, et on vous le reprochera un jour amèrement.

Vous êtes responsable de ses fautes, vous le savez. Comment pouvez-vous vous divertir ailleurs, ou dormir tranquillement dans votre lit, lorsque vous savez que le père de votre jeune famille est assis à une table d'écarté ou de baccarat, exposant l'or qui doit assurer le pain de ses enfants ?

Car dans toutes ces choses funestes, on sait comment on commence, l'on ne sait pas comment on finit. On commence par être dupe, a dit Mme Deshoulières, on finit par être fripon.

Après avoir joué et perdu son propre argent, on joue et l'on perd celui qui ne vous appartient pas ; un dépôt sacré, des fonds publics, et combien n'a-t-on pas vu de joueurs quitter la salle de jeu pour aller se suicider !

Lorsque de sages remontrances peuvent éviter d'aussi grands malheurs, combien vous seriez coupable si vous les ménagiez ! Priez, suppliez, caressez ; ne vous lassez pas. La persévérance est toujours couronnée du succès, et votre mari lui-même vous remerciera plus tard et vous proclamera son ange gardien.

Passez donc vos soirées ensemble, je ne saurais trop le répéter, et ne relâchez rien des bonnes habitudes prises.

Un auteur d'un très grand mérite, dit dans un de ses ouvrages (Miss Idéal) que la femme dans sa maison est comme le capitaine de vaisseau qui doit rechercher continuellement et prévoir les moindres atteintes portées au bâtiment qu'il commande, parce

que la plus légère voie d'eau, la plus mince impru-
dence, peut entraîner la perte du navire et de l'équi-
page qui lui sont confiés.

CHAPITRE XVII.

Devoir d'aimer son mari et de s'en faire aimer.

Je m'aperçois que j'ai chargé ma palette de ses couleurs les plus sombres ; peut-être avais-je hâte de l'en débarrasser.

Abordons maintenant des régions plus sereines, et revenons à la jeune femme qui, dès les premiers jours de de son mariage, se recueille afin de marcher dignement dans sa nouvelle voie, et disons-lui, si elle s'effraie de sa responsabilité et de la grandeur de sa tâche, qu'une seule chose pourra la lui rendre facile ; c'est l'amour qu'elle *doit* avoir pour son mari.

Oui, pour accomplir tout ce que Dieu demande de vous, dans le mariage, il faut que vous aimiez votre mari d'un amour parfait, sans bornes, inaltérable, à l'abri des vicissitudes du temps et des circonstances.

Dès que vous serez mariée, il faut qu'il devienne pour vous le plus beau, le plus intelligent, le plus aimable et le plus digne d'être aimé.

« Aussitôt que la belle princesse eut promis à Riquet à la houpe de l'épouser, dit le plus spirituel des conteurs, une métamorphose parut s'opérer ; et comme jusque là, le prince avait été louche, boiteux et bossu, ses défaut se changèrent, pour elle, en qualités. Sa claudication devint un balancement plein de grâce ; sa bosse, la bonne mine d'un homme qui fait le gros dos ; et le dérèglement de sa vue lui parut causé par le feu et le dérèglement de la passion qu'il avait pour elle. »

Il faut qu'il en soit ainsi. Vous fermerez les yeux sur ce qui lui manque, et vous vous rabattrez sur ce qu'il possède.

S'il n'a pas un esprit brillant, vous vous direz qu'il a du bon sens et que cela vaut beaucoup mieux.

S'il manque d'élégance, de distinction, d'usage du monde, vous penserez qu'il a des qualités solides mille fois préférables.

S'il est moins instruit que vous, qu'il en sait assez pour bien faire ses affaires, et que cela vous suffit.

Ses faiblesses, ses défauts même, doivent vous remplir d'une grande, d'une immense pitié ; pareille à celle que vous ressentiriez pour votre propre enfant, s'il était chétif ou difforme. Lui refuseriez-vous votre assistance lorsque sa guérison dépendrait de vos soins affectueux et assidus ?

Vous lui donnerez donc tout ce que vous avez d'amour, de dévoûment, et Dieu sait si le cœur de la femme en est rempli.

Vous mettrez cet amour au-dessus de tout : au-dessus des biens de la fortune que vous ne balanceriez pas à sacrifier pour lui ; au-dessus même de l'amour que vous aurez pour vos enfants. C'est beaucoup dire et ce n'est pas trop.

Il faut qu'il tienne la première place dans votre cœur, dans votre esprit, dans vos préoccupations.

C'est la clef de voûte de l'édifice, c'est le pivot sur lequel roule tout le reste, c'est l'Alpha et l'Oméga, le commencement et la fin.

Ne vous figurez pas que j'exagère, et que vous ne pourrez jamais aimer ainsi un homme que vous ne connaissez pas, et qui ne sera peut-être pas parfaitement aimable.

Je vous dis que la loi de Dieu le commande, et que ces lois sont toujours justes, proportionnées à nos forces et faites pour assurer notre bonheur. Nous avons reconnu, en principe, que s'en écarter, c'est courir infailliblement à sa perte. L'expérience ne tarderait pas à vous le démontrer, si vous pouviez en douter encore.

« Voilà la chair de ma chair, » dit Adam en reconnaissant la compagne de sa vie, et, dès hors, ils partagèrent la même existence.

Pourriez-vous ne pas aimer cet autre vous-même ? Pourriez-vous ne pas lui souhaiter et lui procurer du bien et du bonheur ? Pourriez-vous ne pas souffrir de ses peines comme de vos propres peines ?

Ah ! qu'en toutes circonstances, vous soyez prête à répéter cette formule sacrée de la meilleure des femmes, formule qui est devenue, en passant par sa bouche, un oracle de l'Esprit Saint : « J'irai partout où vous irez ; je demeurerai où vous demeurerez ; votre peuple sera mon peuple, votre Dieu sera mon Dieu, et la mort seule pourra me séparer de vous ! »

Paroles admirables contre lesquelles ne prévaudront jamais les sophismes d'un monde corrompu qui a osé écrire dans ses lois la séparation de corps et de biens, et réclamerait demain le divorce, s'il était sûr de l'obtenir. (1)

Vous ne souffrirez pas que l'on parle des défauts de votre mari en votre présence ; et, quand vous aurez quelque difficulté avec lui, que ce soit toujours à huis clos ; jamais devant vos enfants et vos domestiques.

Pour tous il doit être et paraître l'homme parfait, infaillible, dont l'autorité et les raisons ne peuvent être contestées. Eût-il cent fois tort, laissez croire

(1) Il l'a obtenu.

que vous l'approuvez, que vous partagez son opinion.

Savez-vous que cette Martine était une femme d'un grand sens lorsqu'elle s'écriait: Je veux que mon mari me batte, moi! Vous êtes bien hardi de vous mêler de ce qui se passe entre nous! Et qu'elle pratiquait la solidarité conjugale d'une solide et irréfutable manière, en écartant l'officieux à coups de bâton?

Que la société de votre mari vous tienne lieu de toute société. Préférez la solitude, avec lui, aux fêtes et aux dissipations.

Aimez à le voir, à l'entendre.

Que son retour vous réjouisse ; que sa voix vous fasse du bien. C'est celle de votre véritable ami.

Il faut que le bruit de ses pas vous soit connu ; que vous ne le confondiez avec aucun autre et qu'il fasse tressaillir votre cœur.

Il faut aussi partager ses goûts, avant de lui faire adopter les vôtres ; suivre ses conseils ; ne jamais rien faire sans son consentement ; encore moins d'opposition systématique, d'aigreur.

Faites tout pour lui ; parlez, pensez et agissez selon ses vues et dans ses intérêts.

Soyez bonne, caressante et gaie. Les hommes ne supportent pas la froideur ; encore moins la tristesse et les larmes.

Consolez-le dans ses peines ; relevez-le dans ses

découragements ; ne l'accablez pas de réflexions pénibles.

Quand vous aurez quelque reproche à lui adresser, ne le faites pas en termes blessants ; ménagez son amour-propre ; et puis, la chose réglée, n'en parlez plus : le rabâchage exaspère. Vous perdriez, après coup, tous les fruits de votre victoire. Offrez la paix la première, de bonne grâce et spontanément, quand même vous auriez mille fois raison de lui en vouloir ; car les hommes n'aiment pas à demander leur grâce, et sont toujours un peu honteux de l'obtenir. Epargnez-lui cette peine ; il vous en saura gré. Faites les trois quarts du chemin, les quatre quarts même. Il vous indemnisera largement par sa bonne humeur revenue.

Ne lui parlez jamais d'un ton de commandement. Qu'on ne vous entende point répéter ces mots si durs dans la bouche d'une femme : Je veux ! J'ordonne. Préférez la formule plus modeste du : si tu voulais. Vous obtiendrez bien davantage et l'on sera heureux de vous satisfaire.

Car il ne suffit pas que vous aimiez votre mari profondément, entièrement, sans réserve, sans restriction, ainsi que l'exige le devoir et que votre nature de femme saura si bien le faire, il faut encore qu'il vous aime lui-même ; et pour cela, Madame, il faut que vous soyez aimable.

Ce qui ne veut pas dire, entendons-nous bien,

belle et coquette; mais parfaitement bonne et digne d'être aimée.

Je n'ai pas à examiner ici de trop près qu'elle est la nature et l'étendue de l'amour que pourra et devra vous donner votre époux. Je me contenterai de constater que, si vous vous appliquez constamment à prévenir ses désirs, à lui rendre votre société bonne, utile et agréable, il inclinera naturellement son cœur vers vous, et vous le donnera tout entier.

C'est donc à vous de le conquérir; et, ensuite, de savoir le garder.

CHAPITRE XVIII.

Le vrai bonheur.

C'est dans cette union parfaite, autant que la fragilité humaine peut le comporter, que se trouve le vrai bonheur.

Je n'ai pas besoin de vous en dépeindre les charmes, la douceur, la sérénité. Ces choses-là se sentent et ne peuvent se dire.

Arrière les fadeurs de romans, les sentimentalités banales et exagérées, dont l'exaltation et la bouffissure pareilles à un ballon gonflé de vent, crèvent au premier coup d'épingle donné par la réalité !

Votre ciel ne sera, certainement, pas toujours bleu et sans nuage ; mais de même que, dans la nature, il est des orages bienfaisants et salutaires qui n'en troublent point l'harmonie générale, de même aussi, dans l'ordre moral, un peu d'agitation et de sollicitude n'est jamais un mal réel et fait mieux apprécier les douceurs de la paix.

Voilà donc le Paradis terrestre retrouvé, avec cette assurance, qu'un talisman vous est donné pour ne pas le perdre et conjurer les maux qui dérivent de l'humaine nature ; je veux dire l'amour et l'accomplissement de vos devoirs.

CHAPITRE XIX

Dangers de la coquetterie

De même que dans l'antique Eden, un serpent corrupteur trouva moyen de s'introduire, redoutez que sa malice éternelle et jamais assouvie, ne renverse, comme aux premiers jours du monde, l'édifice de votre bonheur.

Fermez vos yeux et vos oreilles ; il sait revêtir toutes les formes. Soyez vigilante et prenez garde, car nous portons en nous deux lâches serviteurs qui pactisent bien vite avec l'ennemi : notre vanité et notre complaisance à écouter la louange.

Le premier indice de cette tendance chez une femme c'est une toilette excessive qui, à coup sûr, n'est pas uniquement pour plaire à son mari tout seul ; et seconde mauvaise disposition qui résulte de la première, c'est un désir immodéré de voir et d'être vue, parce qu'il cache celui d'être admirée, louée, encensée.

Et par qui, mon Dieu ! et pourquoi ? pour jeter le trouble dans votre cœur et dans votre esprit, en vous faisant croire que vous êtes un être à part, une divinité dont les charmes ont quelque choses d'irrésistible, de fatal dont on ne peut se défendre, que sais-je encore ? On meurt — on meurt toujours et l'on ne s'en porte pas plus mal — on veut mourir si l'on n'obtient un regard, un mot !

Et c'est avec de pareilles balivernes que l'on vous tourne la tête ?

Ah ! pauvres alouettes, prises au miroir de la vanité, si vous pouviez entendre ce que se disent à part vous, ces mauvais sujets qui se font un jeu et une occupation de détourner les femmes de leur devoirs, si vous les entendiez entr'eux comme il vous traitent et vous méprisent !

Ce lion en fureur tourne autour de nous, cherchant qui il pourra dévorer, notre Père ! mettez vos enfants à couvert sous l'ombre de vos ailes !

Cette ombre protectrice, c'est le souvenir de vos devoirs, avec le sentiment du dégoût que doit vous inspirer le vice.

Car il n'y a pas deux manières d'envisager les choses, de quelque nom qu'on les colore. Il n'y a pas un grand nombre de catégories de femmes : il y a tout simplement celles qui sont honnêtes et celles qui ne le sont pas.

Quelle que soit leur élévation, leur luxe, leurs

charmes, leur esprit, leur beauté, leur fortune, si elles ne sont pas irréprochables dans leur conduite elles se rangent d'elles-mêmes dans la catégorie des êtres corrompus, et vous tirerez résolûment un cordon sanitaire entr'elles et vous.

Il n'y a pas d'excuse possible à l'oubli du devoir sacré de la fidélité à son époux.

C'est un lys dont la pureté ne peut souffrir aucune atteinte, et loin de vous plaindre, Mesdames, de la sévérité avec laquelle on juge et pèse l'honorabilité de la femme, soyez-en fière ; car c'est une preuve qu'elle est infiniment précieuse ; si précieuse que quand on l'a perdue, rien au monde ne peut la racheter.

L'honneur est comme une île escarpée et sans bords,
L'on n'y peut plus rentrer dès qu'on en est dehors.

Vous savez de quelle peine l'ancienne loi punissait la femme coupable ?

Nos sociétés modernes la punissent mille fois plus : elles lui infligent le mépris.

Plutôt mourir que de le ressentir !

Plutôt mourir que de rougir devant son époux devant ses enfants !

Que cette devise soit la vôtre.

CHAPITRE XX

Les amies

Je sais bien que l'on n'arrive pas là de parti pris
à moins d'avoir une nature perverse, ce qui est assez
rare ; mais quand je considère avec quelle légèreté
on y court le plus souvent, je ne peux m'empêcher
de trembler pour la jeune femme sans expérience,
qui se lie volontiers et recherche la société qui lui
procure le plus d'agrément, sans en calculer les conséquences.

Il suffit, pour vous perdre, d'une seule liaison im-
prudente avec une de ces coquettes de bon ton que
ma plume allait qualifier plus sévèrement.

Leur société est souvent très agréable ; mais malheur à vous si vous ne les écartez pas soigneusement.
Elles vous entraîneront bien vite sur leurs pas ; car
ces sortes de créatures sont animées d'une jalousie ter-
rible contre les honnêtes femmes, et leur plus grande
satisfaction, celle de Satan, est de les faire tomber
comme elles.

Si vous voulez être une femme vertueuse, ne fréquentez pas des femmes corrompues ; pas davantage des femmes légères qui ne sont pas encore tout-à-fait compromises. Leur mauvaise réputation déteindrait sur vous. Vous auriez beau dire que vous ne croyez pas un mot de ce que l'on dit d'elles. La sagesse des nations vous fermerait la bouche : Il n'y a pas de fumée sans feu.

Ne dites pas non plus, de vous-même, avec une indulgence folle et coupable dans tous les cas : Je sais que je ne fais point de mal, que m'importe ce que l'on peut dire de moi ?

Il vous importe énormément, pour conserver votre réputation, à laquelle vous devez tenir, si vous avez du bon sens et de l'honneur, il vous importe, non-seulement d'être vertueuse ; mais encore de le paraître.

Vous vous le devez à vous-même, d'abord ; à votre mari, à votre famille, et j'ajouterai à la société toute entière qui a les yeux fixées sur chacun de ses membres, et les juge sévèrement, comme c'est son droit.

Mais je m'arrête, et d'autant plus volontiers, que j'ai épuisé, je crois, la série des sujets désagréables que je devais aborder.

Je vais maintenant, pour reposer vos yeux et votre cœur, vous présenter le plus bel ornement de votre intérieur, en même temps que le préservatif assuré contre les dangers énumérés précédemment : Je veux dire un berceau.

Si j'avais le cœur de rire après des pages aussi sérieuses, je vous avouerais que je n'ai jamais tremblé beaucoup pour la vertu de Madame Laure, malgré toute la passion de Pétrarque et l'ardeur répandue dans ses immortels sonnets, quand je me la réprésentais entourée de ses *dix* enfants ! Ces petits personnages étant, pour l'ordinaire, d'excellents gardes-du-corps.

CHAPITRE XXI.

Des enfants.

Un berceau ! gracieuse image. Un enfant ! la plus douce des choses de ce monde.

La vue de votre enfant, ses caresses, quel monde de joies et d'espérances !

C'est le plus parfait des amours d'ici bas, et celui-là ne ressemble à aucun autre. Je ne veux pas rechercher s'il les surpasse tous ; mais je reconnais que le Créateur a été bien puissant pour avoir su rendre notre cœur capable d'éprouver d'aussi grandes et d'aussi différentes affections.

Qu'un enfant est beau ! quelle grâce, quelle suavité dans tous les détails de sa petite personne ! Examinez-le pendant son sommeil. Sa paupière close, ses lèvres entr'ouvertes dessinant le plus gracieux des sourires, ses bras arrondis mollement dans leur abandon, ses pieds potelés qui appellent les baisers d'une mère idolâtre de ce cher trésor ! La première dent, le premier mot, les premiers pas ! Délicieuses ivresses !

Ah ! combien je donne raison aux fictions enchanteresses des anciens qui prirent les traits de nos enfants pour en créer les amours et les anges ! Combien je comprends ces rois de l'Orient agenouillés devant un berceau, dans le transport de leurs religieuses et poétiques espérances !

CHAPITRE XXII.

Education physique.

N'en déplaise au triste philosophe qui mit ses enfants à l'hôpital pour n'avoir pas la peine de les élever, vous n'êtes pas absolument obligée, Madame, de nourrir votre enfant si la faiblesse de votre tempérament s'y oppose.

Je ne vois pas, en ce cas, la nécessité de lui donner le lait clair et peu substantiel d'une mère délicate qui s'impressionne et se trouble au moindre cr du pauvre petit, qui ne mange pas ou presque pas, de préférence à celui d'une grosse femme qui se nourrit bien, très-bien, et dort les poings fermés, position où, comme l'on sait, fonctionne admirablement la mécanique à fabriquer le lait, et qui donnera à son nourrisson tout ce que l'on peut désirer en force et en vigueur.

On me fait pitié lorsqu'on pose pour première condition d'un bon nourrissage, la propreté et les soins intelligents. Je tiens certainement à ce que mon enfant soit bien lavé ; mais s'il n'a rien dans l'estomac que le contenu d'un méchant biberon au lait de vache ou à l'eau sucrée, pensez-vous que cela lui suffise ? C'est bien une vache à lait qu'il lui faut ; mais de celles qui n'ont pas de cornes, qui mangent beaucoup sans ruminer et dont le trop d'avisement ne trouble pas la cervelle. Le lait, à mon sens, n'en sera que plus gras, que plus reposé, et votre enfant ne s'en portera que mieux, dût sa nourrice être illettrée.

Ne dirait-on pas qu'il s'agit déjà d'en faire un bachelier ! Commencez par lui former un bon tempéramment, bien équilibré. C'est la base de l'édifice. Une âme saine dans un corps sain, dût-on m'accuser de me répéter. Du reste, en prêtant votre enfant à une étrangère forte et vigoureuse pour qu'elle lui donne sa nourriture, vous ne vous déchargez pas pour cela des soins qui accompagnent celui-ci : vous serez là pour tout le reste.

Si vous pouvez avoir la nourrice dans votre maison, c'est parfait ; sinon, placez-le le plus près possible ; que vous puissiez le voir et le suivre jour par jour : rien ne vous en dispense.

Comme aussi si vous ne réussissez pas du premier coup, au gré de vos désirs, ne craignez pas d'en prendre une autre. On dit que cela fait du mal aux enfants de les changer de nourrice. Je répondrai avec un médecin célèbre que quand on meurt de faim à une table maigrement servie, il ne fait pas de mal, mais beaucoup de bien, de passer à une autre où l'on puisse se rassasier.

Un enfant qui a été malheureux en nourrice s'en ressent pendant longtemps.

Le nourrissage doit durer de douze à quinze mois, ni plus, ni moins.

Puis, ce petit être commencera à marcher, à babiller ; source intarrissable de plaisirs et de jouissances.

Tout ce qu'il fera, tout ce qu'il dira, vous jettera dans le ravissement. On a peine à comprendre comment ces frêles créatures, nées d'hier, peuvent apprendre et exprimer tant de choses en aussi peu de temps. On s'en étonne, on s'en émerveille ; on croit posséder seul un phénix de cette espèce. Jamais on n'a vu d'enfant pareil. Pour la beauté, c'est convenu, il n'y en a qu'un au monde qui soit réellement beau, et chaque mère le possède. Pour l'intelligence, il est rare aussi que le vôtre ne soit pas doué d'une manière exceptionnelle. Pauvres parents !

Le plus sûr de la chose, c'est que le petit personnage prendra, sur tout le monde, dans la maison, un empire extraordinaire qui vous enlèvera la faculté de voir ses défauts et de l'en corriger. Étonnez-vous ensuite que l'on gâte ses enfants et qu'il soit si difficile de les bien élever.

Le meilleur remède à cet inconvénient, c'est d'en avoir plusieurs.

Je ne vous souhaite pas, Madame, de n'avoir qu'un enfant; mais deux, trois, quatre, cinq même. Ne vous en plaignez pas; ne vous affligez point d'avoir trop d'enfants.

Pleurez leur mort; jamais leur naissance. C'est peut-être celui que vous redoutiez le plus de voir arriver qui sera votre consolation et votre appui.

Plus vous en aurez, mieux vous les élèverez. Ils seront habillés plus simplement; ils ne s'en porteront pas plus mal. Vous aurez moins de peine à les surveiller, ils s'aideront mutuellement; ils auront un esprit plus pratique et se tireront mieux d'affaire, accoutumés qu'ils seront à ne pas trop compter sur vous.

Les grosses familles sont ruineuses, dit-on. Il n'y a, en vérité, qu'une chose qui ruine les maisons; c'est le vice et je vous souhaiterais dix enfants plutôt que si votre mari pouvait dire un jour, avec regret, comme le bon et volage La Fontaine;

Ah! Si..... mais ailleurs j'ai porté mes présents.

« Voilà ma parure, voilà mes bijoux », disait, en montrant ses fils, une femme célèbre de l'antiquité, quoi de plus beau qu'une nombreuse famille! Cela donne beaucoup de peine, dit-on encore. Et que n'est-on au monde pour ne rien faire on s'en donnerait moins. Que laisserait-on après soi ?

Vos enfants, comme de jeunes plants d'olivier, environneront votre table, et continueront, dans l'avenir, les traditions d'honneur et de sagesse que vous leur aurez léguées. Magnifique héritage qui les embrasse tous !

CHAPITRE XXIII.

Education morale.

La première éducation des enfants commence au berceau.

Ne les gâtez pas. Refusez-leur tranquillement et sans colère, tout ce qu'il ne vous conviendrait pas de leur accorder. Ne cédez point devant leur importunité, leurs cris et leurs pleurs. Autant en emporte le vent. Habituez-vous à ne pas en être émue, et surtout à ne pas le paraître. Les enfants sont ce qu'on les fait ; ils vous observent et se calquent sur le modèle que vous leur offrez en votre personne.

Si vous leur parlez d'une voix douce, tranquillement, ils seront calmes et doux comme vous.

Ne les frappez jamais ! j'ai horreur de l'éducation qui se fait avec les coups ; c'est celle des chiens, et il est défendu de battre même les animaux.

Vous ne réussirez, en sévissant avec rigueur, qu'à leur donner les vices des esclaves ; qu'à faire des menteurs, des lâches, des hypocrites, capables de toutes les bassesses pour esquiver le châtiment.

Ne raisonnez pas trop vos commandements dans la première enfance. Dites : Parce que maman le veut et qu'il faut obéir à maman, toujours. Plus tard, vous expliquerez pourquoi ; mais ne vous engagez pas dans des raisonnements sans fin.

Un enfant accoutumé de bonne heure à obéir et mené avec douceur, sera charmant si... je vais bien vous étonner, si vous ne vous occupez pas toujours de lui, si vous ne le fatiguez pas en surveillant ses moindres mouvements. Cela l'agace et lui donne l'esprit de contradiction.

Ayez l'air de le laisser libre ; faites vos affaires en sa présence comme s'il n'était pas là, ne souffrez pas qu'il vous dérange à chaque instant, qu'il se mêle à la conversation, qu'il se tienne mal à table, qu'il exige ce qu'il ne convient pas de lui donner.

Le plus joli enfant du monde, dans ces conditions-là, est un être insupportable, et je reconnaîtrais d'un coup d'œil, entre mille, un enfant gâté. Sa petite figure est déjà rechignée, il s'agite sans cesse et veut qu'on s'occupe de lui ; on aperçoit le tyran domestique en herbe, qui sera plus tard l'être ennuyé et ennuyeux, détestable et détesté.

CHAPITRE XXIV.

Instruction.

Soyez vous-même la première institutrice de vos enfants.

Vous *devez* leur apprendre à prier Dieu, à lire et à écrire. Vous devez leur enseigner la grammaire, la géographie, l'arithmétique, l'histoire de France en abrégé ainsi que l'histoire ancienne.

A dix ans, onze ans, votre fils doit savoir tout cela, et surtout écrire correctement sa langue. Vous verrez de quel secours seront ces connaissances élémentaires lorsqu'il entreprendra ses grandes études.

Il lui suffira de travailler deux heures le matin, et une heure le soir, pour arriver à posséder ce que je viens d'énumérer.

Je suis profondément fâchée de l'erreur qui consiste à croire qu'un enfant a besoin, pour appendre quelque chose, de demeurer six ou huit heures par jour sur les bancs ; et je vous défie de prouver qu'à l'école où vous le forcez à l'inaction pendant ce long espace de temps, il fasse autant de travail qu'en deux heures bien employées. Toute la journée, bon Dieu ! et pourquoi faire ! Pour babiller et s'agiter sur place sans rime ni raison, et vous présenter, en somme, quelques pages d'une écriture illisible, ou vous répéter, comme un perroquet, une leçon dont il lui est impossible de comprendre un mot. Mettez-le après cela dans un grand établissement et il passera au moins encore deux ou trois ans, avant qu'il se reconnaisse et qu'il démêle quelque chose au milieu du chaos d'études dans lequel il se verra plongé.

Lorsque vous lui donnerez vous-même ces précieuses petites leçons, ne lui faites faire que très peu de devoirs à la fois ; mais qu'il le fasse bien et toujours proprement, en s'appliquant et sans griffonner. C'est une affaire d'habitude, qu'il comprenne ce qu'il fait. Vous marcherez d'un pas lent ; mais assuré.

Si vous avez le bonheur d'avoir plusieurs enfants, vous pouvez garder les garçons jusqu'à l'âge de onze ans, et les faire travailler avec leurs sœurs.

Si vous prenez un auxiliaire pour vous suppléer, que ce ne soit jamais un homme ; et quant à une institutrice, choisissez-là d'une vertu éprouvée et pas trop jeune. Ni belle, ni brillante ; mais simple, instruite et d'une éducation solide. Souvenez-vous de la tragique histoire du château de Vaux.

Du reste, ne vous relâchez d'aucune surveillance.

Ayez les yeux ouvert sur tout le monde, la nuit et le jour.

A ce propos, que la chambre de vos enfants soit près de la vôtre et qu'elle y communique. Ne les isolez point. Ne les confiez à personne d'une manière absolue.

Il y a, dans tout intérieur anglais, une pièce que j'aime plus que les autres. C'est la Nursery ; je crois que ce mot veut dire nourricerie. Cette chambre qui est encombrée dans le début de berceaux, de joujoux, de pantins, se change ensuite en salle d'études, et c'est là que vous devez passer vos meilleurs moments.

CHAPITRE XXV.

Abus de l'éducation actuelle.

Un des abus vraiment condamnables de l'éducation moderne, c'est ce renversement des sages principes d'autrefois qui voulaient que les enfants fussent élevés avec simplicité.

Il est assurément très mauvais de les accoutumer au luxe, aux vêtements élégants, aux joujoux coûteux. Ces gâteries que vous leur prodiguez, ces fantaisies dispendieuses que vous faites naître pour avoir le plaisir de les satisfaire, amollissent leur âme, et les laisseront sans force contre l'adversité.

Un jeune homme, une jeune fille, élevés dans ces habitudes de dépenses insensées, s'embarrassant de tout et embarrassant les autres, viendront à perdre leur père, et souvent avec lui, s'écroulera tout l'édifice de leur fortune.

Le jeune homme, forcé d'accepter un mince emploi, ne sera peut-être pas même capable de le remplir, et ne réussira à rien, malgré sa brillante éducation, ou plutôt à cause de sa détestable éducation.

La jeune fille se fera religieuse, sans vocation, parce qu'elle ne se sentira pas le courage d'affronter la misère.

Nous voyons cela tous les jours.

Un autre écueil consiste à leur présenter la vie sous des couleurs sombres et exagérées.

Il y a des parents qui élèvent leurs enfants avec crainte et tremblement, grossissant à dessein les peines et les difficultés qui les attendent. C'est pour les prémunir, dit-on, et leur donner de l'expérience.

Je trouve que c'est gâter à plaisir les choses les plus belles. L'aurore de la vie doit être couleur de rose ; cette teinte s'assombrira toujours assez avec le temps. Ne flétrissez pas la fleur dans le bouton.

Ma mère, disait en ma présence une femme de mérite, permettez-moi de vous dire qu'avec tout votre amour pour moi et votre désir de me prémunir contre les dangers du monde, vous avez gâté ma jeunesse. Vous m'avez privée de tous les plaisirs de mon âge ; vous m'avez montré les choses sous un faux jour. J'ai vécu jusqu'à présent dans des frayeurs continuelles de malheurs qui ne me sont jamais arrivés. J'ai trente-cinq ans, et je m'aperçois seulement aujourd'hui, tant il est difficile de se débarrasser des erreurs que l'on a gravées dans une jeune âme, que, lorsqu'on a un bon mari, de charmants enfants, une fortune honnête et de la considération, on peut se croire parfaitement heureuse. Je pense, en outre, que c'est être ingrat envers Dieu, de n'attendre son bonheur que de l'autre vie, sans apprécier celui qu'il a, dès à présent, mis à notre portée.

J'ai connu une jeune fille, pâle et triste, sans sourire et sans joie, dans une position relativement heureuse, parce que sa mère l'avait associée trop jeune à des soucis qu'elle aurait dû porter seule.

Un père extravagant qui avait, par ses folies, dissipé une assez jolie fortune, ne forçait-il pas son jeune fils, à assister aux scènes qu'il avait avec ses créanciers ! Cela lui apprend la vie, disait cet homme sans cœur. Il résulte de ce système que le jeune homme, doué d'ailleurs de grandes qualités, garda jusqu'à un âge avancé une timidité malheureuse et nuisible ; et qu'étant parvenu par son travail à acquérir fortune et considération, il ne se crut jamais à la hauteur de sa position.

CHAPITRE XXVI.

Conseils.

On doit épargner la sensibilité des enfants. Ce sont des fleurs délicates qu'un souffle violent peut ternir et détruire, physiquement et moralement.

Ne les brusquez jamais. Ne leur parlez pas trop fort. Ne souffrez pas qu'on leur fasse peur, ni du loup, ni du croquémitaine. Pas de cabinet noir. Pas d'impressions désagréables; il en est de très dangereuses.

Un petit garçon de trois ans mourut des suites de la frayeur qu'on lui occasionna, en lui faisant embrasser son petit cousin mort.

Epargnez-leur le plus possible la vue de cette triste et dernière scène de la vie. Un enfant garde longtemps dans son âme ces empreintes désolantes. Qu'il n'assiste pas aux enterrements; lés choses lugubres frappent leur imagination. Ne les menez pas au cimetière. Vous leur feriez du mal ou vous les endurciriez.

Je ne voudrais pas non plus qu'on leur farcît la

tête de merveilleux, de contes de fées, d'apparitions, de fantômes. Je me rappelle encore le profond désenchantement qu'éprouva mon cœur d'enfant, lorsque mon père, en homme sensé, m'apprit qu'il n'éxistait pas de fées ; que ces aimables personnes n'arrivaient jamais avec leur baguette pour changer en un clin d'œil les choses de ce monde ; que les anges ne pouvaient être vus des mortels puisque ce sont des esprits ; et me prouva la fausseté de mille choses charmantes que l'on m'avait enseignées.

Elevez vos enfants sérieusement et ne leur apprenez rien que la raison ait à renverser plus tard, quand ils en viendront à juger par eux-mêmes, et à voir les choses telles qu'elles sont.

CHAPITRE XXVII.

Des grands principes de l'éducation.

Voici le langage que je voudrais tenir à ces chères créatures, dont l'âme morale est notre ouvrage, et que nous pouvons façonner comme l'argile au gré de nos inspirations.

Dieu, en nous plaçant sur la terre, a mis à notre portée tous les éléments du bonheur; il ne dépend que de nous de les saisir et de nous les approprier.

Presque tous les maux qui nous affligent sont notre ouvrage, et nous serions mal venus à nous plaindre, lorsque c'est à notre paresse, à notre incurie, à notre amour des plaisirs, à notre dédain du devoir que nous pouvons nous en prendre.

Il faut regarder les difficultés de la vie comme un stimulant qui nous donne la mesure de nos forces, et quand nous éprouvons des revers, chercher courageusement les moyens d'y remédier, nous rappelant que nous sommes les fils de ces Gaulois qui ne craignaient rien, pas même la chute du ciel, puisque, disaient-ils, s'il venait à tomber sur notre tête, nous le soutiendrions avec nos boucliers.

La mort même ne doit pas nous faire peur.

Nous avons commencé, nous devons finir. Il est juste de céder la place à ceux qui viennent après nous.

Que notre vie soit bien remplie, et notre fin ne nous inspirera aucune crainte ; d'ailleurs, il faut se soumettre bravement à une nécessité qu'il est impossible d'éviter.

La mort ne surprend point le sage ;
Il est toujours prêt à partir. (La Fontaine).

En quelle action voulez-vous que la mort vous surprenne ? Pour moi, dit Epictète, je veux qu'elle me trouve faisant quelque bonne œuvre pour le bien public, honnête et généreuse. Que si je ne puis être trouvé faisant cela, au moins ne m'est-il pas défendu de désirer qu'elle me trouve travaillant pour m'amender et me corriger moi-même. Si la mort me surprend en cet état, je suis content d'élever mes mains à Dieu et lui dire : Je n'ai pas négligé les moyens que vous m'avez donnés pour entendre et connaître votre gouvernement. Voyez combien je me suis servi de mes sentiments et de mes notions. Vous ai-je jamais blâmé ? Me suis-je déplu d'aucune chose que vous ayez faite ? Je vous rends grâces de ce que vous m'avez donné. Je me suis servi de ce qui nous appartenait autant qu'il vous a plu ; il me suffit, reprenez-le et me mettez où bon vous semblera, car tout était à vous. Ne devez-vous pas être content de sortir de ce monde en cet état ? Et quelle vie est meilleure et plus honnête que la vie de celui qui est disposé de cette façon ? quelle issue plus heureuse ?

A la jeunesse succède la vieillesse, dit Sénèque, à la vieillesse, la mort, qui ne veut point mourir serait content de n'avoir point vécu ? La mort est la condition de la vie ; quand on nous donne l'une, on nous promet l'autre ; nous sommes en chemin ; c'est folie de l'appréhender. C'est une nécessité qui n'épargne personne ; il n'y a point de force qui nous en défende. Pourquoi se plaindrait un homme d'être compris dans une loi qui frappe tout le monde ? C'est l'égalité ; mais il n'est pas besoin de plaider contre la nature. Elle ne nous a donné de loi pour nous que la même qu'elle a prise pour elle ; tout ce qu'elle a fait, elle le défait ; ce qu'elle a défait, elle le refait.

Ne trouvez donc pas étrange d'être séparé de votre corps, quittez librement cette demeure que votre âme ne peut partager plus longtemps. Tous les secrets de la nature vous seront alors découverts et si vous ne cessez d'admirer la lumière du soleil, combien la clarté divine vous semblera-t-elle merveilleuse ! Cette pensée ne saurait souffrir dans l'âme rien de bas, rien de mauvais. Elle vous dit que Dieu est témoin de toutes choses ; elle vous exhorte à lui être agréable, à vous préparer pour lui et à vous proposer l'Eternité.

Ces passages sont si beaux que je n'ai pu résister au plaisir de les citer en entier.

Ainsi la pensée de la mort, loin de nous attrister, doit nous encourager à bien employer le temps que Dieu a mis à notre disposition.

CHAPITRE XXVIII.

Des causes qui sont nécessaires à notre bonheur.

Puisque nous sommes en ce monde pour être heureux, nous devons connaître les choses qui sont absolument nécessaires à notre bonheur : l'honneur, l'argent, la santé.

L'honneur, c'est la probité scrupuleuse qui fait la sûreté des transactions ; c'est la considération qui nous place avec les gens de bien ; et dans le fond de notre conscience, c'est la pureté d'intention qui veut rendre à chacun ce qui lui revient, et prend pour règle cette devise : Fais ce que dois.

L'honneur, c'est la droiture, la loyauté, le respect de la parole donnée ; c'est l'amour de la patrie, de la famille, de la justice, de la vérité.

L'honneur réprouve le mensonge, la fausseté, l'hypocrisie, la lâcheté, l'ingratitude, les mots à double entente, les mentales restrictions, l'abus de la force, la trahison.

L'honneur, c'est la vie morale de l'homme.

Le déshonneur en est la flétrissure mortelle, ineffaçable.

L'argent. Je m'attends à faire pousser les hauts cris ; mais la vérité doit-elle demeurer éternellement dans son puits ?

Oui, l'argent est nécessaire, indispensable à notre bonheur, et nous devons apprendre de bonne heure à l'apprécier, à le gagner, à le conserver.

Le temps n'est plus où les poètes étaient bien venus à chanter la misère, ou tout au moins la médiocrité, ce partage des sots.

Quel est le bonheur que l'on peut éprouver au milieu des privations matérielles ? Et parmi celles d'un ordre plus élevé, qu'elle douleur de ne pouvoir faire du bien, même à ses propres enfants ! Ne point leur donner une éducation convenable, les voir repoussés du banquet de la vie et *ensevelis avec des esprits inférieurs*, quelle plus grande souffrance !

Travaillez donc de bonne heure à acquérir une position honorable et lucrative. Ne la compromettez pas par un mariage extravagant qui aurait pour résultat de vous déconsidérer et de vous rejeter dans les derniers rangs de la société.

Ah ! Si les hommes savaient quelle influence, heureuse ou néfaste, peut exercer sur leur avenir le choix d'une compagne !

Elevez vos cœurs au-dessus des mesquines faiblesses. Ayez une noble ambition. Je n'augure rien de bon d'un jeune homme qui n'est pas ambitieux.

Aspirez très haut; toujours plus haut. L'aigle recherche les sommets.

La santé. Vous conserverez votre santé par une vie honnête, un travail sagement réglé ; la fuite des plaisirs défendus, la modération dans les plaisirs permis.

Et si j'ai placé la santé après l'argent, c'est qu'avec de l'argent, on peut, jusqu'à un certain point, rétablir une santé délabrée.

Le changement de climat, les distractions, les eaux, un excellent régime, sont des remèdes coûteux qui ne sont pas à la portée de tout le monde et qui deviennent impossibles à celui dont la maladie a pris sa source dans la gêne et les privations qui l'accompagnent.

Bénissez donc encore une fois la fortune si vous la possédez. Conservez celle que vos parents vous ont laissée ; tenez à honneur de l'augmenter, et souvenez vous bien que la misère n'atteint que les fous et les paresseux, ou les indignes qui ont déserté le chemin de l'honneur.

Je sais d'avance que ces principes, si fort en contradiction avec les idées reçues, vont soulever bien des orages.

Pensez donc, chères lectrices, apprendre à vos enfants à se conduire par les lois de la raison ; à n'avoir pas peur de la mort, cette reine des épouvantements ; à apprécier l'argent, à le considérer comme la source du plus grand nombre de nos satisfactions physiques et morales, matérielles et intellectuelles, leur parler enfin le langage de la vérité, quelle nouveauté ! quel écueil ? Mais je m'y expose sans crainte avec la conscience du bien que peuvent faire ces sages principes s'ils deviennent un jour la règle de notre conduite. Puissé-je avoir la gloire d'apporter une pierre à ce monument que l'avenir doit élever au sens commun !

CHAPITRE XXIX

La vie est belle

Oui, la vie est belle, et Dieu nous a créés pour être heureux.

J'en atteste le soin que le Créateur a pris de nous entourer, dès notre naissance, de tout ce qui doit contribuer à notre conservation, et embellir notre passage sur la terre.

J'en atteste le ravissement que nous causent les beautés de la nature, et me refuse à croire que ses divines harmonies soient un pur effet du hasard.

J'en appelle à la majesté du soleil, au charme des nuits, à la voix des mers, à la sublime terreur qu'inspire le silence des forêts, et, par-dessus tout, j'en atteste mon âme capable de comprendre ces choses; d'en savourer la jouissance ! et d'en faire remonter la gloire à un être supérieur et incréé.

O Dieu ! qui pourra blasphémer ta bonté, et dire que l'usage de tes bienfaits est un piège ! que l'homme créé par toi, fut destiné au malheur ; lorsque tu mis tant de biens à sa portée ; et que tu lui donnas le frein de la raison et de tes lois, pour l'empêcher d'en abuser !

Je le reconnais : nous avons été jetés nus sur une terre nue ; mais à côté de l'enfant sans défenses, Dieu sut placer deux protecteurs dont l'amour et le dévoûment devaient être sans limites.

La vie est remplie de difficultés, de mécomptes ; je vous l'accorde ; mais il faut apprendre de bonne heure à les regarder en face, sans en avoir peur, certains que nous sommes d'être armés pour le combat et capables de triompher.

Dans cette courageuse mêlée, pourquoi fermer les yeux sur les satisfactions réelles qui nous sont échues en partage ?

Les jours d'étude du jeune homme, ses triomphes scolaires, les plaisirs des vacances ; et plus tard, les délices d'une union bien assortie, les charmes du foyer, les joies de l'épouse, les bonheurs de la mère ? Les jouissances du savant, celles que procurent les arts, les voyages ; la vue des pays nouveaux, des peuples divers ?

Pourquoi passerai-je sous silence le bonheur d'être utile, de faire le bien, celui d'aimer et d'être aimé ?

Estimons donc la vie ; soyons reconnaissants à celui qui nous l'a donnée ; ne lui faisons pas l'injure de croire qu'il veut que nous y soyons malheureux et pour la voir enfin telle qu'elle est, tàchions de la dégager des misères de détail dont nous sommes, le plus souvent, les tristes auteurs; de la regarder à travers le prisme de la conscience satisfaite et du devoir accompli.

CHAPITRE XXX

Pensionnats

Placerez-vous enfin vos chers enfants pensionnaires dans une institution quelconque ? Voici mon avis appuyé sur l'expérience, et celui de Fénélon dans son traité de l'éducation des filles.

Je pense que, si vous habitez une ville assez importante pour qu'il y ait de bons établissements d'éducation, vous devez y envoyer vos enfants ; mais à titre d'externe, seulement, vos filles surtout ; vos garçons, presqu'autant.

Voici pourquoi. Vous avez accoutumé vos enfants à la vie de famille ; on vous les rendra façonnés à un je ne sais quoi qui n'est point la vie réelle, et il vous faudra bien du temps et de la peine, pour redresser ensuite les idées erronées qui auront pris place dans ces jeunes cerveaux, si tant est que vous les redressiez jamais.

Il faut aux jeunes gens la vie en commun, dit-on.

Je vous l'accorde ; mais à coup sûr, vous ne voudriez pas aller là-dessus jusqu'à la république de Platon ?

Je prends donc un terme moyen, ce qui dans toutes circonstances m'a paru être le principe de la sagesse et je dis : la classe en commun, pendant la journée ; la famille, le soir. La jeune couvée rentrant au nid paternel, y rapportera ces impressions étrangères que vous pourrez facilement rectifier jour par jour, et rien ne sera perdu des bonnes et saines traditions que vous leur aurez inculquées.

Je conviens qu'il est plus commode d'enfermer, pendant dix mois de l'année, ce troupeau turbulent loin de vos yeux et de vos oreilles ; mais en présence de votre foyer désert, n'entendez-vous pas une voix qui vous crie : Qu'as-tu fait de tes enfants ? Où sont-ils ? Que font-ils ? Qui t'a déchargée de ta responsabilité ? Et si tu ne te sens pas le courage de remplir tes devoirs envers eux, comment des étrangers, des mercenaires, les rempliront-ils ?

Conclusion : des maîtres pour le latin, le grec, l'histoire, les sciences ; vous-même pour l'éducation.

Ne sortez pas de ce principe, dont l'application, moins difficile qu'on ne le pense, vous remplira de consolations dans ces chères créatures sur lesquelles reposent les espérances de votre bonheur à venir.

CHAPITRE XXXI.

Vie de famille.

A mesure que vos enfants grandiront, vos préoccupations changeront de caractère et grandiront aussi.

C'est d'abord leur volonté, difficile à assouplir, à plier à la règle du devoir ; des idées d'indépendance, chez vos fils surtout. Malheur à eux et à vous, si vous leur lâchez la bride trop tôt ! Que voulez-vous que devienne un frêle arbrisseau battu des vents et des tempêtes ? A quoi faut-il attribuer la plupart des désastres moraux de la jeunesse actuelle ? N'est-ce pas à la trop grande facilité avec laquelle les parents les ont abandonnés à eux-mêmes ? Je connais des jeunes gens qui, à seize ans, avaient déjà un passe-partout de la maison paternelle et y rentraient la nuit à l'heure qu'il leur convenait. N'est-ce pas effrayant de leur donner, à cet âge, la liberté de mal faire ?

Ne permettez pas qu'ils s'écartent de la vie habituelle de la famille, qu'ils s'en retranchent, pour ainsi dire, et qu'ils n'en fassent plus partie.

Resserrez, au contraire, de tous votre pouvoir, ce faisceau qui se disjoindra bien assez tôt par l'effet du temps et des vocations de chacun ; apprenez-leur à sentir que ce moment où ils sont encore tous réunis sous l'aile paternelle est le temps le plus heureux de la vie.

Grâce à eux, à leur gaîté, à leur entrain, s'ils n'éparpillent pas ces forces vives au-dehors, jamais votre foyer n'aura été plus agréable, plus riant ; et, quand le moment sera venu, c'est vous-même qui présiderez au choix que votre fils devra faire d'une compagne, sensée, bonne et capable d'assurer son bonheur.

CHAPITRE XXXII.

Devoir d'établir ses enfants.

Il ne suffit pas d'avoir élevé vos enfants, vous devez encore pourvoir à leur établissement.

Tout ce que vous avez fait pour eux, jusque-là, se rapporte à cette première étape de la vie réelle.

Beaucoup de parents trouvent commode de se faire illusion là-dessus : ils pensent qu'à ce moment décisif de leur existence, ils peuvent les abandonner à eux-mêmes, et n'avoir pas à intervenir.

Vous devez donner à vos fils une position honorable et lucrative qui lui permette de se choisir une compagne dans la classe de la société à laquelle il appartient ; et vous devez à vos filles une dot qui leur facilite un bon mariage.

Entendez cela, parents légers et égoïstes qui dépensez tout sans compter. Il arrivera, plus tôt que vous ne le voudrez, le moment où il faudra songer à l'établissement de vos filles.

Elles sont très heureuses chez moi, dites-vous ; elles ne doivent pas avoir le désir de changer. Elles savent qu'elles n'ont pas de dot ; qu'elles s'arrangent en conséquence. Elles ne feront jamais un sot mariage, j'en suis sûr; elle ont trop d'amour propre ; pour cela ; d'ailleurs, je ne le permettrais pas.

Mais qui vous dit que l'on ne se passera pas de votre permission, irritées que vos filles seront de cette vie sans issue et sans joie ; et que, pour en sortir, elles n'épouseront pas le premier venu ?

Oh ! les pauvres filles sans dot ! Les voyez-vous, pâles d'envie à la vue de la réussite et des succès de celles dont les parents ont su prévoir l'avenir ? les voyez-vous, dans le monde, solitaires au milieu de la foule, quand leurs riches compagnes sont entourées, car on fuit une fille sans dot, aucun ne l'aborde. Ils auraient trop peur d'avoir l'air de lui faire la cour et de se compromettre, nos sages jeunes hommes !

Elles seront belles, bonnes, vertueuses; qu'importe tout cela ; elles sont sans dot ! Elles doivent se résigner au sort que vous leur avez fait à la privation de toutes les joies de la femme, à la solitude éternelle, au plaisir de tricoter des bas à jour ou de broder des mouchoirs derrière leur fenêtre, en jetant des regards d'envie sur ce monde qui s'agite autour d'elles, et dont elles sont séparées pour jamais. La nature les avait créées belles et fortes; c'est dans ces occupations puériles que s'étiolera leur vigueur, à trente ans, elles seront aussi vieilles d'aspect qu'une femme de cinquante.

Voilà le triste avenir que l'insouciance et l'égoïsme de leurs parents leur auront préparé.

Il n'y a pas, à coup sûr, de quoi leur en être bien reconnaissantes.

Tout autrement se passeront les choses si vous avez pensé à leur assurer une dot convenable.

Les bons partis se présenteront en foule ; vous n'aurez qu'à choisir.

Comme vos filles ne seront ni coquettes, ni extravagantes, ni paresseuses, ni dépensières ; mais, au contraire, sensées, laborieuses, prudentes, économes, d'un esprit juste et d'un caractère parfait, vous n'avez pas à craindre qu'elles soient jamais malheureuses, quel que soit le plus ou le moins de difficultés qu'elles rencontreront sous leurs pas. Elles s'en tireront avec honneur.

Vos conseils, vous les leur donnerez à tous, quand ils vous les demanderont, sans les forcer à les suivre ; car il ne faut pas être du nombre de ces parents ridicules qui imposent leurs opinions à tout propos. Ils sont libres ; réservez votre autorité pour les grandes occasions ; celle où une décision erronée entraînerait de graves résultats, et je suis encore persuadée qu'élevés comme ils l'ont été, il ne saurait y avoir, entr'eux et vous, de graves divergences, et, qu'en général, votre manière de voir sera la leur.

J'ai tout dit, je crois ?

Parlerai-je des petits enfants ? Pensez-vous qu'une grand'mère puisse ne pas les aimer ? Croyez-vous notre tâche finie parce que nous aurons marié nos enfants ? Mais non, elle n'est pas terminée ; elle ne finira que sur le seuil de l'Eternité.

Tant qu'un souffle nous animera, nous nous devons à ceux qui nous entourent, selon les facultés qui nous restent.

Nous leur devons et nous leur donnerons les dernières étincelles de notre amour ; les derniers effets « d'une force qui tombe et d'une ardeur qui s'éteint ! »

CHAPITRE XXXIII

Les domestiques

On répète souvent que les domestiques sont la plaie des maisons.

Il en est de cela comme de tout le reste. Dans un intérieur mal administré, il ne peut y avoir que de mauvais serviteurs ; et cette plaie-là, quand elle existe, est vraiment effrayante.

Mais il dépend de vous que chacun tienne sa place convenablement autour de vous, et c'est encore là un de vos devoirs.

Droits et devoirs : ne séparons jamais ces deux choses. Vous connaissez vos droits sur eux ; vous les exigez rigoureusement, impérieusement quelquefois.

Connaissez-vous aussi bien vos devoirs vis-à-vis d'eux, et les remplissez-vous de même ?

Savez-vous ce que vous *devez* à vos domestiques, en retour de leur travail, de leur temps, de leur vie qu'ils vous consacrent ? avez-vous jamais pensé qu'outre la nourriture, le salaire et les soins matériels vous leur *devez* encore le bon exemple et les soins moraux ? Que vous êtes responsable des sottises qu'ils peuvent commettre, lorsque c'est votre négligence qui les y a portés ; que vous en répondrez comme le berger des brebis à lui confiées ? Savez-vous qu'il y a un grand nombre de serviteurs qui glissent dans le sentier du mal après l'avoir vu pratiquer par leurs maîtres ; qu'il y a un plus grand nombre encore de jeunes filles qui se perdent tout-à-fait par les mauvais livres qu'elles ont lus après leurs maîtresses, et par la mise en pratique des doctrines pernicieuses qu'elles ont apprises de leur bouche ou puisées à leur exemples ?

Si vous êtes une femme digne et irréprochable, vous n'aurez que de bons domestiques.

Vous les choisirez bien d'abord, et vous vous appliquerez patiemment et charitablement à les former. Vous les reprendrez avec douceur. Vous leur parlerez avec politesse, vous leur donnerez l'exemple de la raison, du calme, de la modération, au lieu de vous emporter au moindre manquement. Vous leur passerez bien des imperfections ; mais vous serez impitoyable pour les vices que vous ne tolérerez jamais, avec lesquels vous ne transigerez sous aucun prétexte. On doit renvoyer sur le champ et sans rémission une fille qui est voleuse, débauchée ou coquette incorrigible. Qu'elle débarrasse immédiatement votre maison, si vous avez eu la sottise de l'y introduire. Quand à celle qui n'est que nonchalante, maladroite ou peu intelligente, on s'applique à la redresser, et l'on y réussit presque toujours, lorsque le fond est bon ; c'est l'essentiel ; le reste vient avec le temps. C'est ainsi que vous parviendrez à avoir des domestiques aussi parfaits que le comporte la fragilité humaine, là où les premiers soins ont manqué, et où la culture intellectuelle n'a pas même été ébauchée.

Surveillez-les soigneusement, et détournez d'eux toutes les occasions de faire le mal. Si vous avez des domestiques des deux sexes, que leurs chambres soient très éloignées les unes des autres. Vous répondez à Dieu et à leurs parents des jeunes filles qui sont sous votre toit. Ne les induisez point en tentation d'aucune sorte : fermez avec soin votre argent et vos bijoux.

S'ils viennent à tomber malades, on ne peut vous faire un devoir absolu de les soigner vous-même ; mais je vous demanderai s'il est bien juste qu'après avoir épuisé leur santé et leur vie à travailler pour vous, vous les jetiez à la porte comme des chiens, lorsqu'ils ont contracté des infirmités à votre service ou même de simples indispositions. Mon Dieu! de quel dévoûment un cœur humain n'est-il pas capable, lorsqu'il sait que, quoiqu'il advienne, il ne sera ni rebuté, ni abandonné par ceux qu'il appelle ses maîtres, et de quel prix ne sont pas alors les soins qu'il reçoit d'eux ! de quelle reconnaissance ne les payera-t-il pas ! On en a vu des exemples sublimes.

Ne craignez pas de monter de temps en temps dans leur chambre pour voir s'ils la tiennent proprement. Veillez à leur bien-être. La femme forte de l'Écriture qui est le modèle de la femme parfaite, s'occupe de pourvoir à ce que ses domestiques aient un double vêtement pour l'hiver.

Ne permettez pas qu'ils dépensent leurs gages mal à propos, faites-leur penser à l'avenir, et économiser tout ce qu'ils pourront. C'est un bon service à leur rendre. Intéressez-vous à leurs affaires ; donnez-leur vos conseils pour faire leurs petites emplettes et placer leurs économies.

Quand je considère la vie que mène une servante honnête et fidèle, je crois qu'on ne peut en trouver de plus méritante ; et, lorsque j'entends dire qu'après tout on ne leur doit rien, puisqu'on les paie, j'en suis fâchée pour ceux qui parlent ainsi. Quoi ! vous croyez payer avec une misérable somme qui ne vous suffirait certes pas pour votre toilette, un labeur et un dévoûment du jour et de la nuit ! quand je les vois recommencer tous les matins un travail fasti-dieux qui n'est jamais entièrement achevé ; quand je pense qu'il faut pour me servir, se calciner en été devant un fourneau brûlant, et, en hiver, laver des heures entières dans de l'eau glacée ; que tous leurs moments m'appartiennent ; qu'à un signe et sur un mot de moi, il faut marcher et agir, si fatiguée que l'on soit ; ou demeurer si c'est mon bon plaisir que l'on demeure, quand on aurait envie de sortir, je me sens prise d'une immense compassion pour la domesticité en général ; car enfin, si je me mettais à leur place, serais-je capable d'en faire autant, et de recommencer tous les jours de ma vie pour le faible salaire de quelques écus ? Tandis que je resterai dans mon lit, le matin, si je suis fatiguée, il faut, pour que ma maison marche, que mes domestique soient debout, malgré qu'ils en aient, et quoiqu'ils aient peut-être passé la nuit à m'attendre pendant que j'étais au spectacle ou en soirée.

Adoucissez leur condition, tout en exigeant ce que vous êtes en droit d'en attendre. Ne vous familiarisez pas avec eux ; mais témoignez-leur de la confiance lorsqu'ils le méritent.

Traitez-les humainement en un mot. Ils sont de chair et d'os comme vous, et valent, peut-être, aux yeux de Dieu, beaucoup plus que vous.

CHAPITRE XXXIV.

La Veuve.

Madame de Sévigné, dit quelque part, que, lorsqu'elle perdit son mari, elle éprouva une douleur pareille à celle qu'elle aurait ressentie si son cœur se fut rompu en deux morceaux.

Votre mari fut l'ami de votre jeunesse, le compagnon de vos meilleures années. Il vous fut donné d'édifier avec lui ce foyer dont vous étiez la gardienne ; et, par lui, vous goûtâtes les plus grandes joies de la vie ; celles que donne la maternité. Avec lui, vous devintes un être complet ; et vous prites votre place dans le monde.

L'hymen réalisa-t-il toutes vos espérances ? Je ne le pense pas. Cette vie à deux donna lieu à quelques révoltes de part et d'autre, selon que certains empiètements ne voulurent pas être tolérés ; mais peu à peu, les angles s'étaient adoucis ; les caractères s'étaient fondus ensemble, la vie commune étaient devenue agréable et régulière, en tant que chacun comprenait ses devoirs et en faisait la règle de sa conduite.

Des revers, des fautes, peut-être, du côté de celui qui était chaque jour aux prises avec le monde, ses dangers et ses séductions, avaient assombri votre existence. Vous n'aviez plus en lui l'être délicat et tendre que vous aviez rêvé et connu, dans les premières années de votre union ; mais cette triste conviction de l'imperfectibilité humaine, vous avait laissée raisonnable et résignée. Faisant la part de toutes choses et regardant autour de vous d'un œil impartial vous vous étiez dit, qu'après tout, vous n'étiez peut-être, pas encore la plus mal partagée. Vos enfants avaient grandi. Vous vous étiez entendus pour leur donner la meilleure éducation. Ils avaient répondu à vos soins ; leur avenir était assuré, et c'est ce moment-là que la mort choisit pour frapper à votre chevet, vous faisant encore, à vous, une grâce de quelques jours.

Désormais, votre existence sera solitaire et inutile. C'est ainsi qu'elle vous apparaît aux premiers moments de la séparation. Cette pensée vous accablera ; mais bientôt des soucis matériels viendront vous assiéger et vous secouer dans votre torpeur. Vous ne vous étiez jamais occupée d'affaires ; la vue d'une feuille de papier timbré vous faisait peur ; une visite à votre notaire était la chose la plus ennuyeuse du monde. Entendre déchiffrer un grimoire auquel on ne comprend rien, quel supplice ! C'est là que vous déplorerez les imperfections de votre éducation !

La femme, a-t-on dit souvent devant vous, est un être délicat et sensible, qui n'est fait que pour le repos, le plaisir, et subitement, à côté de ces sottises que l'on vous a débitées, la froide et sévère réalité se montre. Vous êtes un être humain et pensant ; non point une fleur, ni une poupée. Vous n'avez porté jusqu'ici que des fardeaux partagés. Désormais, vous soutiendrez seule la bataille, de la vie, et vous la soutiendrez avec d'autant plus de désavantage, que vous n'êtes point armée pour le combat.

Vous aurez donc à faire provision de courage. Vous surmonterez vos répugnances ; vous étudierez ce joli dédale de lois que la chicane invoquera pour vous dépouiller, et si vous avez du bon sens commun, vous ne remettrez à personne en particulier, le droit de discuter et de décider pour vous. Vous écouterez les avis que vous donneront les hommes d'affaires, judicieux et éclairés que vous consulterez ; mais vous n'accepterez aucune solution, sans en bien comprendre la raison.

Vous subirez ensuite, avec une noble résignation, la position qui vous est faite. Vous vous habituerez à vous suffire à vous-même ; et comme aucune tache, aucun reproche n'a pu atteindre les actes de votre jeunesse, votre prudence, votre solitude, témoigneront encore de votre parfaite honorabilité. Cette satisfaction légitime que donne une bonne conscience, sera le seul bonheur auquel il vous est permis d'aspirer désormais.

Un mot encore, je finis.

Que répondre à cette question que l'on pourra m'adresser, si les grands parents doivent vivre avec leurs enfants ?

J'ai vu des grands-pères embellissant de leur présence et de leur bonne humeur, le foyer de leurs fils ; entourés des soins assidus d'une belle-fille attentive et bonne ; recevant les caresses de leurs petits-enfants, et réchauffant encore, à ce contact affectueux, leur cœur refroidi par les ans.

J'ai gardé dans ma mémoire le souvenir d'une famille bénie entre toutes, où le culte des anciens s'était perpétué comme une sainte croyance ; et j'entends encore la douce voix de l'aïeule me disant avec émotion, après que son gendre l'eut conduite à la place d'honneur, dans un grand dîner : Dieu vous donne un jour, Madame, des enfants comme les miens ! C'était bien là le souhait le plus heureux qu'elle pût me faire.

Hélas ! j'ai vu d'autres vieillards, relégués et tristes, oh ! bien tristes ! tandis que la maison retentissait de fêtes ; et j'ai pleuré au souvenir de cette grande misère du délaissement, la plus grande qui puisse nous atteindre dans nos derniers jours ! me demandant, avec angoisses, si cette lampe sacrée d'un amour ardent, près de s'éteindre, ne devait plus d'avance éclairer qu'un tombeau !

Ah ! que la présence au foyer de ces êtres si chers et qui vous ont tant aimés, y soit, au contraire, comme la branche d'olivier qui consacre la paix ! Qu'elle soit, dans votre demeure, le gage des promesses éternelles de celui qui a dit : Tu honoreras ton père et ta mère, afin de vivre longuement !

Puissiez-vous, chères lectrices, recevoir en entier l'accomplissement de cette parole divine ! et comme j'ai commencé ce long entretien par le *nom* de celui qui a tracé d'une main sûre, les règles de notre *devoir*, laissez-moi vous rappeler, en finissant, qu'il ne nous les a données que pour assurer notre *bonheur* !

ABUS, INJUSTICES, SCANDALES

CHAPITRE XXXIV.

La séparation de biens.

La séparation de biens arrive ordinairement de cette manière : La femme sait qu'elle est riche ou qu'elle aura toujours de quoi vivre, quoi qu'il advienne ; et elle va, toutes voiles dehors, sans s'inquiéter du reste.

On a un mari négociant ou industriel ; il gagne des montagnes d'or : c'est reconnu ; il n'y a donc pas à se gêner. On mène, de part et d'autre, la vie à grandes guides. Monsieur passe sa vie au cercle, à la Bourse, là où s'élaborent et se traitent les grandes affaires. Madame voit beaucoup de monde et fait de grandes dépenses ; son mari le veut ainsi : parce que cela donne de la confiance et du crédit. Les enfants sont élevés comme des princes ; on ne leur refuse rien :

il faut qu'ils fassent comme les autres enfants dont les parents sont dans la même position que vous. Que dirait-on si l'on parlait d'économie, si on lésinait ! cela ferait un tort immense. Du reste, Monsieur, gagnant tout ce qu'il veut, Madame serait bien bonne de ne pas se passer ses fantaisies.

Mais voilà qu'un beau jour, après quinze ou vingt ans de cette vie, Monsieur devient sombre, bourru, d'une humeur féroce ; on ne peut plus l'aborder, on ne peut plus lui demander de l'argent. C'est cela qui est pénible ! lui qui en donnait toujours à pleines mains, sans compter. On a fait des pertes considérables, on a engagé et dissipé, non-seulement ce que l'on possédait ; — des méchants assurent même qu'il n'est pas bien prouvé que l'on ait jamais rien possédé réellement — mais encore, et surtout, des capitaux énormes que l'on avait attirés, et qui se sont engloutis dans le gouffre sans fond de ces dépenses insensées.

Vite, que l'on se sépare de biens ! il n'est que temps. Mon Dieu ! il faut conserver un morceau de pain à ses pauvres enfants ; on ne parle pas des enfants de ceux que l'on a ruinés, que ces folies ont réduits à la mendicité, ni des pauvres gens qui avaient déposé chez vous tout ce qu'ils possédaient ; des vieillards qui seront sans asile et dont l'hôpital sera la dernière espérance ; non, la pitié n'est pas pour eux ; on la garde pour vous et les vôtres.

Cette pauvre femme ! qu'elle est à plaindre, vraiment ! Pendant qu'elle dansait, qu'elle s'amusait, qu'elle courait les villes d'eaux, son mari, le misérable, le débauché, l'incapable, faisait de mauvaises affaires ; et elle sera bien heureuse, si elle peut retirer sa dot.

Sa dot qu'elle a mille et mille fois dévorée, elle aussi ! Et au nez des pauvres victimes ébahies, Madame retirera effectivement sa dot, et passera droite et fière devant eux. Ah ! c'est tout simplement infâme.

Voilà ce qu'on appelle une séparation de biens.

CHAPITRE XXXVI

La séparation de corps

La séparation de corps c'est autre chose.

Après avoir vécu l'un et l'autre sans s'aimer et sans s'inquiéter de remplir les grands devoirs que le mariage impose, on en est arrivé à ne plus pouvoir se supporter.

Des torts graves et réciproques ont amené les choses à un tel état d'aigreur, de reproches, de mensonges, de défis, de provocations, bagage haineux de cette triste guerre, que l'on en vient à se dire qu'il est impossible de vivre ainsi, et qu'il vaut mieux se séparer. Monsieur sera plus libre, Madame plus tranquille. Chacun passera de son côté. C'est une chaîne qui vous meurtrissait : on la brisera. Chacun ira où ses goûts l'appellent. La liberté est le premier des biens. Qui est-ce qui a dit qu'il y a dans le mariage des devoirs à accomplir ? J'entends la vie à ma manière ; celle de mon mari n'est pas la mienne. Ne vaut-il pas mieux nous séparer, quand il nous est impossible, tout-à-fait impossible de nous comprendre ?

Qui pourrait y tenir à ma place, je vous le demande ? Mon mari est sans cœur, sans esprit, égoïste, sans égards pour moi, toujours grondeur, sans nul agrément dans la société. Je ne puis plus le voir ! Je ne puis plus le supporter ! Je suis à bout de patience. Quelle différence, mon Dieu, avec d'autres !

Ah ! j'entends. Vous ne pouvez plus le souffrir, depuis que vous faites des comparaisons qui lui sont désavantageuses, depuis que vous avez rencontré dans le monde un homme parfait ou que vous croyez tel. Près de lui tout pâlit ; c'est le personnage à la mode, l'être séduisant par excellence. Il a toutes les vertus, toutes les qualités. Vous avez introduit ce serpent fascinateur dans votre demeure, et à ce moment, seulement, les défauts de votre mari vous ont été révélés. Vous les aviez supportés, jusque-là sans trop vous en préoccuper ; mais dans un imprudent accès d'humeur vous avez laissé épancher au-dehors l'impression désagréable que vous éprouviez, et vous avez justement choisi pour confident cet homme sensible et bon, si bien fait pour vous comprendre ; alors, en effet, vos yeux se sont ouverts. Oui, c'est bien vrai ; vous êtes une femme adorable et méconnue. Quand l'univers devrait être à vos pieds, un homme, que dis-je ? une brute, possède un tel trésor et ne l'estime pas ce qu'il vaut.

C'est un sacrilège, une profanation ; c'est une association monstrueuse qu'il faut rompre au plus tôt.

Vous fuirez le monstre (le monstre, c'est votre mari) vous vous séparerez de lui pour jamais, irrévocablement.

Vos serments, vous les porterez à un autre mieux fait pour vous comprendre, car votre pauvre cœur a tant souffert des froideurs et les dédains de cet homme ! (C'est encore votre mari qui est l'homme). Votre pauvre cœur, affamé de consolations, trouvera le bonheur dans une autre affection.

C'est bien ainsi, je crois, que l'on parle dans ces circonstances ?

Et s'il faut aider votre faiblesse pour rompre des liens toujours un peu difficiles à briser, on viendra à votre aide et l'on vous prêtera l'appui et les conseils nécessaires.

Et, après ?

Vous serez séparée de corps, c'est-à-dire que vous serez dans le monde comme un corps sans âme ; un être sans nom ; épouse sans mari et mère sans enfants ; car vos enfants.... qu'en ferez-vous ? Tenez, je ne vois pour vous qu'un seul parti à prendre. Sans honneur, car c'est la première chose que l'on perd à ce jeu-là ; sans bonheur, sans amis.... avouables, et véritables, prenez bien vite le seul chemin qu'il vous reste, le chemin de la rivière, l'asile des misérables sans ressources, sans espoirs, ou plutôt c'est un rêve que vous avez fait là, un triste rêve, le plus triste et le plus douloureux de tous les rêves ;

réveillez-vous. Regardez autour de vous ; promenez vos regards sur ce cher intérieur qui vous rappelle encore, malgré tout, de si intimes, de si doux souvenirs ; sur vos enfants dont vous allez vous aliéner à jamais et la tendresse et le respect...... Tout est encore à vous, rien n'est perdu, secouez votre faiblesse, repoussez du pied le tentateur ; et le cœur haut et ferme, revenez avec courage et dignité à vos devoirs négligés. Le salut est là : il n'est que là.

On pourra m'objecter qu'il est des femmes très vertueuses qui ont beaucoup à souffrir des injustices, des violences, de la mauvaise conduite de leurs maris ; de leurs folles dépenses, de la manière insensée dont ils administrent leurs affaires, de leur insensibilité aux reproches, de leur dureté par rapport aux chagrins dont ils sont la cause.

Hélas ! que dirai-je à celles qui sont aussi mal partagées ? Que pourrai-je leur dire, sinon de subir, de souffrir, de mourir à la peine, plutôt que de se dégager de ces liens, quelque lourds qu'ils soient ! La rigueur du devoir va jusque-là.

Vous cacherez même les douleurs qui vous oppressent, et vous montrerez un visage serein qui déjoue les soupçons étrangers.

Vous serez soigneuse de votre dignité, quand même votre mari oublie la sienne ; et s'il se couvre du mépris des honnêtes gens que l'on puisse toujours vous respecter.

Vous vous le devez à vous-même pour la paix de votre conscience ; à vos enfants, dont il faut conserver l'estime ; à votre mari, qui serait trop heureux de trouver dans votre conduite quelque tort qui parût autoriser les écarts de la sienne.

Mais quel que soit le malheur de votre position, ne quittez jamais votre demeure. Votre place est au foyer domestique ; rien ne peut vous en chasser, tant que vous en serez digne. Déserter ce poste serait la plus grande des lâchetés.

D'ailleurs, pauvre esclave de droit et de fait, que gagneriez-vous à vous révolter ? Savez-vous que ce sont les hommes qui ont fait les lois, et qu'avec leur égoïsme accoutumé et leur amour de la domination ils les ont faites de telle manière, que les femmes sont devant eux, leurs méfaits et leurs fautes, pieds et poings liés, sans assistance ?

Invoquez-les ces lois, si vous l'osez, et si vous ne reculez point au premier pas !

Quel est celui qui pourra vous le conseiller, s'il a quelque souci de vos intérêts, et de ce qui peut encore vous rester d'espoir en l'avenir, si mince que soit d'ailleurs votre confiance ?

CHAPITRE XXXVII.

Le divorce.

A vous parler bien franchement, je préférerais le divorce à la séparation de corps. Pas de terme moyen, pas de position équivoque ; être ou n'être pas. J'aime les situations nettes.

Avec le divorce, vous pouvez vous remarier, c'est un grand point, tandis que votre séparation n'est qu'une porte ouverte au libertinage, et j'ai en horreur tout ce qui porte atteinte à la dignité humaine, tout ce qui est dégradant.

Après de mûres réflexions, et laissant de côté la loi de Dieu qui a fait du mariage un lien indissoluble, vous divorcerez lorsqu'il vous aura été bien prouvé et que vous serez parfaitement sûre :

Que vous pouvez vivre avec tout autre ; mais non avec le premier que vous aviez choisi ;

Que vous vous étiez trompée dans votre choix ; mais que vous ne vous tromperez plus ;

Que vous trouverez dans un second mari les qualités du premier, avec et de plus, toutes celles qui lui manquaient ;

Que vous éviterez avec soin d'être avec le second ce que vous avez été avec le premier, c'est-à-dire, vous-même : irascible, entière, égoïste, contrariante, querelleuse, avare ou prodigue, coquette, légère, inconsidérée, sans ordre, etc., etc., etc. ;

Que vous ne vous soucierez plus de celui qui a reçu les premières affections de votre cœur, les premiers épanchements de votre âme, et que son souvenir, même celui des moments heureux que vous aurez passés ensemble, vous fera l'effet d'un roman ou d'un conte que vous auriez lu ;

Que, plus tard, quand vous rencontrerez cet homme vieilli et presque méconnaissable, ainsi que vous le serez devenue vous-même par l'effet implacable des ans, vous vous direz simplement et sans aucune palpitation de cœur : Il me semble que j'ai déjà vu cette figure-là quelque part ;

Que vous répudierez vos enfants parce qu'ils sont à lui, et que vous ne vous en occuperez plus, que vous arracherez cette tendresse de vos entrailles, ou plutôt, que vous arracherez votre cœur mort et desséché, pour le jeter par dessus les moulins, et, qu'ainsi pétrifiée, et à l'abri des atteintes de la tendresse et de la mansuétude, vous vous offrirez à un autre homme pour lui jurer d'être sa bonne et fidèle épouse, ainsi que la mère de ses enfants. A ces conditions-là, Mesdames, nous divorcerons ; si cela peut vous plaire, puisque la loi des hommes nous le permet aujourd'hui.

— 137 —

ditions-là, Mesdames, nous divorcerons ; si cela peut vous plaire, puisque la loi des hommes nous le permet aujourd'hui.

TABLE DES MATIÈRES

Abus, injustices, scandales.

Laval. — Imp. et stér. E. Jamin, 41, rue de la Paix.

www.ingramcontent.com/pod-product-compliance
Ingram Content Group UK Ltd.
Pitfield, Milton Keynes, MK11 3LW, UK
UKHW021115220726
13924UKWH00004B/1720